SPÄTZLETANGO

Geboren als ein Kind der 1980er, wuchs Kevin Leonard Butler in einer kleinen Gemeinde am Fuße der Schwäbischen Alb auf. Nach Jahren als Buchhüter in einer Bibliothek zog es ihn aus dem Ländle an den Rhein. Trotz der Ferne zu seiner Heimat schlägt sein Herz immer noch für Spätzle mit Linsen und Hefezopf. Aktuell lebt er mit seinen beiden Katern in Niedersachsen.

KEVIN LEONARD BUTLER

SPÄTZLETANGO

Kriminalroman

emons:

Bibliografische Information der Deutschen Nationalbibliothek
Die Deutsche Nationalbibliothek verzeichnet diese Publikation in der Deutschen Nationalbibliografie; detaillierte bibliografische Daten sind im Internet über http://dnb.d-nb.de abrufbar.

Umschlagmotiv: Roy Bishop/Arcangel.com
Umschlaggestaltung: Nina Schäfer, nach einem Konzept von Leonardo Magrelli und Nina Schäfer
Umsetzung: Tobias Doetsch
Gestaltung Innenteil: DÜDE Satz und Grafik, Odenthal
Lektorat: Christiane Geldmacher, textsyndikat.de, Bremberg
Druck und Bindung: CPI – Clausen & Bosse, Leck
Printed in Germany 2021
ISBN 978-3-7408-1317-8
Originalausgabe

Für Mama – danke für alles

Prolog

»Hier haben Sie sich also versteckt.« Er hatte die Tür hinter sich fest verschlossen und lehnte sich dagegen. Seine Augen beobachteten sein Gegenüber, wie sie hinter ihrem Schreibtisch saß, sich hinter einem großen Papierberg verbarg und es vermied, ihn anzublicken. Er wusste nicht, warum, jedoch hatte ihre Abneigung ihm gegenüber etwas Erregendes.

»Ich verstecke mich nicht, ich arbeite. Ein Fremdwort für Sie, ich weiß.«

Er lachte freudlos auf. »Herrlich, so stutenbissig wie eh und je. Ich finde, Sie sollten etwas netter zu mir sein.«

Sie gab ein Stöhnen von sich und legte ihren Stift zur Seite. »Was wollen Sie?«

Er hatte sich von der Tür abgestoßen und schlenderte gemütlich zu ihr. Die Wände des Büros waren mit Bildern ihrer letzten Reisen behängt, die Regale überfüllt mit Büchern, und der Besprechungstisch war mit Unterlagen und Akten vollgemüllt.

»Das wissen Sie genau. Ihre Stelle natürlich.«

Sie begann ausgelassen zu lachen, als hätte sie noch nie so einen guten Witz erzählt bekommen. »Sie haben wohl den Verstand verloren? Wenn sonst nichts mehr ist, Sie wissen ja, wo der Ausgang ist.« Ohne ihn eines weiteren Blickes zu würdigen, nahm sie ihre Arbeit wieder auf.

Mit voller Wucht knallte er seine Faust auf die Schreibtischplatte. »Ohren auf, Sie geben mir Ihre Stelle, und zwar freiwillig. Verstehen wir uns?«

Sie zeigte nicht die gewünschte Reaktion, blieb still sitzen und zog nur spöttisch eine Augenbraue hoch. »Ach ja, und warum sollte ich so etwas Verrücktes tun?«

Diese Irre saß hier auf ihrem hohen Ross und hielt sich für die Königin der Welt. Traurig, was zu viel Alkohol aus manchen Menschen machen konnte.

Er setzte ein Lächeln auf, nahm auf dem Stuhl vor ihr Platz und kostete den Moment gründlich aus. »Ich weiß Dinge. Dinge, die Sie Ihre Karriere und Freiheit kosten werden.«

»Sie schaffen es nicht einmal, von der Wand bis zur Tapete zu denken. Sie entschuldigen mich, es gibt Menschen, die für ihren Lebensunterhalt arbeiten müssen. Nicht dass Sie davon eine Ahnung hätten.« Sie griff nach ihren Unterlagen und schrieb darin herum.

»Wie wäre es damit, dass ich weiß, wie Ihr Vorgänger ums Leben kam. Reicht das aus?«

Sie blickte auf und fügte in genervtem Tonfall hinzu: »Und warum erzählen Sie mir davon? Es war ein schrecklicher Unfall, das wissen Sie so gut wie ich.«

»Wie man so schön sagt: Wer einmal lügt, dem glaubt man nicht … Sie sind ein karrieregeiles Luder, und deshalb wurde er umgebracht. Und ich habe Beweise dafür.«

Das schummrige Licht der Schreibtischlampe warf längliche Schatten auf ihr Gesicht, und er konnte sehen, wie sie die Zähne fest aufeinanderpresste. Ein lautes Knacken war zu hören, als der Stift in ihren Fingern zerbrach. »Du mieses Arschloch!«

»Die roten Flecken in Ihrem Gesicht stehen Ihnen nicht. Die kommen vom Stress, nicht wahr? Wir machen es so: Sie bekommen von mir einen Tag Bedenkzeit. Entweder Sie übertragen mir Ihren Posten oder –«

»Oder was? Sie sind wirklich verrückt, wenn Sie glauben –«

»… meine Beweise und ich sind schneller bei der Polizei, als Sie dreimal hintereinander ›gelbe Ente‹ sagen können.« Er erhob sich aus seinem Stuhl und lief mit einem triumphierenden Gefühl in der Brust zur Tür zurück. Ab nächster Woche würde er einen der wichtigsten Posten hier haben und war diese blöde Kuh los. Gab es etwas Besseres?

»Das werden Sie mir büßen!«

De beschde Hendl senn zu nix nuddz

Wenn das da vorne nicht bald schneller ginge, würde ich gleich zur Mörderin werden. Auf diesem Gebiet kannte ich mich gut genug aus.

Als Gott damals dabei war, die Geduld zu verteilen, saß ich bereits im Auto vor einer roten Ampel und hupte. Und da saß ich immer noch. Ich trommelte mit meinen Fingern auf dem Lenkrad herum und warf einen Blick auf meine Armbanduhr. Ich war schon fünfzehn Minuten zu spät dran. Wieder einmal. Aber es konnte sich hier ja nur noch um Stunden handeln.

Oma Schmittchen, wie jeder im Ort sie nannte, zählte mit ihren hunderteins Jahren zum Urgestein von Goldthal und hatte sich diesen winterlichen Tag für ihren Ausflug ausgesucht. Aber musste sie ausgerechnet jetzt ihren morgendlichen Spaziergang absolvieren? Vor mir? Die Straßen und Gehwege waren voller Schnee und rutschig. Kaum hatte sie mit ihrer Gehhilfe den Zebrastreifen bewältigt, drückte ich aufs Gas und rauschte an ihr vorbei. Wir hatten schließlich nicht alle unendlich viel Zeit.

Während ich weiterfuhr, konnte ich nicht abstreiten, wie hübsch sich Goldthal herausgeputzt hatte. Es war eine Woche vor Weihnachten, und die Straßen waren mit Lichterketten und Kränzen geschmückt. Selbst auf dem Marktplatz hatte man einen riesigen Weihnachtsbaum mit einer Krippe aufgestellt.

Mein Stoßgebet war erhört worden, und die Engel hatten mir in der Nähe des Rathauses eine freie Parklücke beschert. Ich schnappte mir meine Tasche, knallte die Autotür hinter mir zu und lief zum Rathaus – was gar nicht so einfach war mit meinen Stiefeln, die auf der rutschigen Straßenoberfläche nicht besonders viel Halt garantierten.

Dr. Catia Behringer, Bürgermeisterin von Goldthal und meine Vorgesetzte, hatte mich für heute Morgen zu sich ins Rathaus zitiert, und der Tonlage ihrer Stimme war zu entnehmen, dass sie wohl keine sonderlich gute Laune zu haben schien. Wenn Behringer in ihrem früheren Leben nicht eine Rachegöttin gewesen war, wusste ich auch nicht.

Während ich also auf dem rutschigen Gehweg zu meinem Termin hetzte, warf ich immer wieder besorgte Blicke zu den spielenden Kindern in der Nähe, die kreischend eine Schneeballschlacht eröffnet hatten, wild um sich schossen und aus vollem Hals lachten. Hier wirkte zurzeit alles sehr besinnlich und lustig wie in einem Astrid-Lindgren-Film. Zu besinnlich und lustig für meinen Geschmack. Und die Vergangenheit hatte gezeigt, dass ein ruhiges Goldthal ein verdächtiges Goldthal war.

Das Rathaus befand sich im alten Schloss von Goldthal. Als ich die schwere Tür zur Eingangshalle öffnete, wurde ich von diesem vertrauten Duft nach Holz und abgestandener Luft empfangen. Und überall diese abstrakten Bilder, die aussahen, als wären sie von Kindergartenkindern entworfen worden. Ganz und gar nicht nach meinem Geschmack.

Ich eilte rechts die Treppen in den Verwaltungsflur hinauf und vernahm aufgebrachte Stimmen, die von den Wänden widerhallten. Als ich schwer atmend im dritten Stock angekommen war, konnte ich die Quelle dieses Lärms ausmachen und tat das, was Menschen eben so taten – ich blieb stehen und glotzte. Und ich war in bester Gesellschaft, das halbe Rathaus schien sich hier versammelt zu haben, um die dargebotene Show nicht zu verpassen.

Catia Behringer stand auf einem Treppenabsatz, und der wütende Gesichtsausdruck bestätigte meinen Verdacht, dass sie keine gute Laune hatte. Sie wedelte wild mit einer Mappe hin und her und brüllte einen Mann an. Es war dieser Archäologe, Matthias Kleinwächter, der seit einiger Zeit sein Unwesen in Goldthal trieb. Und er schien mutig zu sein, anders konnte ich mir sein Brüllen nicht erklären.

»Schalten Sie doch endlich mal Ihr Gehirn ein, dafür werden Sie schließlich bezahlt, oder haben Sie Ihren Doktortitel beim Lotto gewonnen?«

Behringers Nasenflügel bebten immer schneller, und ich wollte nicht in Kleinwächters Haut stecken. Aber schön, dass er ihren Puls weiter in die Höhe trieb und ich gleich meinen Termin bei ihr hatte. Ich sollte ihm eine Dankeskarte schicken, getarnt als Drohbrief. Was fiel diesem Typen eigentlich ein?

»Sie sollten es endlich gut sein lassen, oder Sie werden es noch bereuen, das schwöre ich.«

Ups, da hatte Kleinwächter wohl richtig ins Wespennest gestochen. Behringer schien sich ihres Publikums zum ersten Mal wirklich bewusst zu werden, und ihre Augen huschten hektisch durch die Reihen ihrer Mitarbeiter. Als ihr Blick an mir haften blieb, wurden sie zu Schlitzen.

»Fuchs, Sie sind die Nächste, ab in mein Büro!«

Hier saß ich also, wie das Opfer kurz vor seiner Hinrichtung.

Behringers Büro wurde von den schweren Holzmöbeln und dem dunklen Boden erdrückt und verstärkte das beklemmende Gefühl in mir nur noch mehr. Das Schrägste waren jedoch die vielen Bilder, die Behringer von sich selbst aufgestellt hatte. Fotografierte man nicht die Sehenswürdigkeiten, wohin man reiste, oder hielt sich Behringer etwa selbst für die Attraktion schlechthin?

»Na, wenn das nicht Selbstliebe ist, weiß ich auch nicht«, murmelte ich vor mich hin und konnte schon die flotten Schritte von Behringer hören, die wie ein ICE ins Büro gerauscht kam und die Tür zuknallte. Ich konnte den Verlauf der bevorstehenden Besprechung kaum erwarten, vielen Dank, Kleinwächter.

Behringer stand hinter ihrem Schreibtisch und zog sich ihr Kostüm zurecht. Das dunkelbraune Haar trug sie zu einem burschikosen Schnitt, Smokey Eyes und wie immer diesen furchtbaren Lippenstift »One-Night-Stand«, der eine Kombination aus hundert Rot- und Pinktönen zu sein schien. Diese Farbe stand nicht jedem, wahrscheinlich auch nur Zirkusclowns. Und der Bürgermeisterin vor mir.

»Fuchs, Sie wissen sicherlich, warum Sie hier sind!«

Ich hatte nicht den blassesten Schimmer, aber das wollte ich hier nicht zugeben. Meine Gedanken wanderten in die Politik, und ich überlegte, was die Profis in solchen Fällen taten. Ich setzte eine ernste Miene auf und gab ihr die Antwort, die sie hören wollte. »Natürlich, Frau Dr. Behringer, das liegt auf der Hand.«

Behringer öffnete eine Schublade und zog etwas hervor. Es war eine aktuelle Ausgabe des »Blättle«, der Klatschzeitung von Goldthal. Die Schlagzeile der Titelseite lautete:

Büchereileitung wieder im Einsatz – Aufklärung der brennenden Mülltonnen

Das Titelbild zeigte mich mit dem Team der örtlichen Feuerwehr und dem fünfzehnjährigen Verbrecher, der Spaß daran gefunden hatte, nachts Mülltonnen in Brand zu stecken. Wirklich verübeln konnte man es ihm nicht, hier war ja sonst nichts los. Nur hatte er angefangen, Bücher als Brandanzünder zu verwenden, und da hörte der Spaß auf.

Behringer zog weitere Ausgaben des »Blättle« hervor. Jede einzelne Ausgabe enthielt Artikel über mich. Ich schluckte schwer. Auweia. Mir war nicht bewusst gewesen, dass ich bereits zu einer Lokalprominenten geworden war, ich ging aber davon aus, dass sie kein Autogramm von mir wollte. Die letzten Wochen war es sehr ruhig in der Bücherei gewesen, und irgendwie hatte ich mich beschäftigen müssen. Ich war viel durch Goldthal getigert, hatte ausgiebige Gespräche mit Tante Marlies und den Klatschtanten geführt und bei meinen zufälligen Besuchen auf dem Polizeirevier meine Ohren offen gehalten. Dabei hatte ich den einen oder anderen Fall an mich gerissen. Ich konnte ja nichts dafür, dass ich mit solch einer guten Spürnase gesegnet war. Und ich konnte auch nichts dafür, dass Goldthal krimineller war, als der äußere Schein vermuten ließ.

»Ich bin davon ausgegangen, dass wir Sie als Leitung der Bücherei eingestellt hätten und nicht als Privatdetektivin.« Behringer hatte die Hände in ihre Hosentaschen gesteckt und lief auf und ab.

»Ich weiß auch nicht, warum, aber ich werde immer von solchen Fällen angelockt.« Unschuldig zog ich meine Schultern hoch.

»Dann sollten Sie Ihren Magnet ausschalten und sich auf Ihre Tätigkeiten in der Bücherei konzentrieren. Noch einen Winter wie diesen kann ich hier nicht gebrauchen.«

Autsch, der Vergleich tat weh. Bernhard Winter war mein Vorgänger gewesen, der die Stadt jahrzehntelang um mehrere tausend Euro betrogen und den Leiter der örtlichen Bank ermordet hatte. Also eigentlich das genaue Gegenteil von mir. Sollte sie nicht froh sein, dass ich auf der guten Seite des Gesetzes stand?

»Aber –«

»Mir liegen lauter Beschwerden gegen Sie vor. Hören Sie endlich auf, zu schnüffeln, und jetzt raus hier.«

Ich schloss die Tür zum Bürgermeisterbüro und holte tief Luft. Mir war schleierhaft, wie man so kurz vor Weihnachten solch eine schreckliche Laune haben konnte.

»So, heit hend Sie's abbekomma.«

Connie Bäuerle saß hinter ihrem Schreibtisch und verzog wissend die Lippen. Bäuerle war Anfang fünfzig, hatte ihren

Rubenskörper wie immer in zu enge rosa Kleidung gepresst, das aschblonde Haar auftoupiert, trug zu viel Make-up und tippte mit ihren langen Fingernägeln im Schneckentempo auf die Tastatur ein. Die selbst ernannte Chefsekretärin und Klatschtante von Goldthal konnte mir sicherlich mehr erzählen.

»Welche Laus ist der denn über die Leber gelaufen?« Ich deutete mit dem Daumen auf die Tür hinter mir.

Bäuerle sah von ihrer Tastatur auf und winkte ab. »Ach, des isch nur dr Stress.«

Ich zog meine Augenbrauen zusammen. »Haben wir den nicht alle?«

»Kleinwächter god ihr seid a bar Tag tierisch auf die Nerva.« Ich konnte mir gut vorstellen, dass die arme Bäuerle solche Anfälle unserer Chefin öfters am Tag abbekam.

»Dr Wahlkampf ond die gstohlene Bildla im Ort mached ihr ordentlich zu schaffa. Und dann send da no Sie mit Ihre Ermittlunga.« Bäuerle grinste.

Die Gemälde, richtig. Noch so ein Projekt, um das ich mich kümmern wollte. Seit ein paar Wochen verschwanden in der Region nach und nach kostbare Gemälde aus Museen, Kirchen, Schlössern und anderen wichtigen Institutionen und tauchten nach einiger Zeit wieder auf: als Fälschungen. Das war erst sehr spät aufgefallen und sorgte nun überall für Unruhe. Die Polizei tappte aktuell noch im Dunkeln, und mich juckte es schrecklich in den Fingern, dieses Rätsel zu lösen. Aber nach dieser Ansage von eben sollte ich vermutlich etwas vorsichtiger sein. War ich bereit für eine Undercoveraktion?

Meine Finger spielten mit zwei Büroklammern, die auf dem Tisch lagen. »Und was hat Frau Doktor im Fall der Gemälde vor zu unternehmen?«, versuchte ich so beiläufig wie möglich in Erfahrung zu bringen.

Bäuerle sah sich kurz um und lehnte sich dann verschwörerisch zu mir vor. »Behringer hat Kriminalhauptkommissar

Neumüller geschdern ordentlich Feier gmacht. Sie had ehm deidlich zu verstanda geba, dass er endlich seinen Hintern hochkriega soll, oder sie würde dafür sorga, dass er die Johr bis zu seiner Rent als Schülerlotse verbringa wird. Des hend Se aber ed von mir.«

Meine Verwirrung hätte nicht größer sein können. Harald Neumüller war der Vorgesetzte meines Mannes und leitete die Mordkommission. »Warum Neumüller? Ich dachte, Kriminalhauptkommissarin Wahl wäre für die Abteilung Kunstdelikte zuständig.«

»Dui Wahl isch seit a bar Wocha in dr Reha, und Neumüller muss dera ihr Abteilung mitbetreua. Woiß dr Geier, warum.«

Spannend, sehr spannend. Mein Mann wurde immer besser darin, mir die wichtigen Details von seiner Arbeit zu verschweigen. »Hat die Polizei denn schon irgendwelche Spuren?«

Bäuerle setzte ein süffisantes Lächeln auf. »Na, na, da will mi wohl jemand aushorcha.«

»Niemals, wie käme ich denn auf diese Idee?«

»Freile.« Bäuerle lachte, und nicht einmal ich glaubte meine Worte. »An Ihrer Stell dät i jetzt amol die Haxa stillhalta, oder wollet Se au no auf Behringers Abschusslist?«

Darüber musste ich nicht zweimal nachdenken. Ich verabschiedete mich schnell und machte, dass ich davonkam.

Dem oina sai Dod isch am andra sei Brod

Ich dachte immer, ich wäre in den Regeln der »Kriegsführung für Anfänger« sattelfest. Irrtum. Ich hatte meinem Mann Tom mehrere Fallen gestellt, um an Informationen von seiner Arbeit zu gelangen, in die er nicht getappt war. Mein Mann hatte sich wohl eine Ausgabe von »Kriegsführung für Fortgeschrittene« besorgt. Aber das machte nichts, so schnell gab ich nicht auf.

»Du erinnerst dich noch daran, was wir gestern Abend auf der Couch besprochen haben?« Tom zog die Augenbrauen hoch, und wir blieben auf dem Gehweg stehen.

»Du meinst, bevor deine Hände nicht bei dir bleiben konnten und ich das Ende des Films verpasst habe?«

Er sah sich hastig um, ob andere das gehört haben könnten.

»Oder du meinst dieses komische Versprechen, dass ich mich zukünftig aus eurer Polizeiarbeit heraushalten soll?«

»Richtig.«

»Wie könnte ich das vergessen?«, fragte ich und rollte mit den Augen. Manchmal konnte er wirklich ein Spielverderber sein. »Oder liegt es daran, dass deine Kollegen überlegen, mich als Spezialbeauftragte zu engagieren?«

Ein Schnauben. Ich hatte wieder einmal Salz in die Wunde gerieben. Meine Präsenz im örtlichen Klatschblatt hatte seinen Kollegen wohl einiges an Munition geben, um ihn täglich damit aufzuziehen.

»Das war ein Scherz«, bemühte ich mich, die Stimmung wieder in eine harmonische Bahn zu lenken. »Ich versuche, anständig zu bleiben.«

»Danke für dein Verständnis.« Gerade als er mir einen Kuss verpassen wollte, erlangte etwas anderes seine Aufmerksamkeit.

Tom zeigte auf eines der vielen Plakate, die an den Straßenlaternen befestigt waren. Die Bürgermeisterwahlen standen im Frühjahr an, und die Kandidatinnen und Kandidaten hatten den Kampf um die Wählerstimmen eröffnet. »Sie wirbt tatsächlich damit. Mal schauen, wie viele Stimmen sie das kosten wird.«

»Du meinst Behringer?«

Unsere Chefin hatte es sich in den Kopf gesetzt, den Tourismus und die Wirtschaft von Goldthal weiter anzuheizen und ein Kurzentrum zu errichten. An der Stelle, an der sich die Ausgrabungsstätte von Kleinwächter befand.

»Das wird auf jeden Fall spannend ... Entschuldige bitte, mein Telefon. Fuchs?«

Während ich mit meiner Schuhspitze Muster in den Schnee zeichnete, lauschte ich mit einem halben Ohr dem Gespräch von Tom und versuchte, die Gesprächsfetzen zu einem sinnvollen Ganzen zu verbinden. Es schien wohl eine Leiche zu geben, ansonsten würde sich Tom nicht so anstrengen, leise zu sprechen.

Tom sah bestürzt aus. »Ich komme sofort!« Er steckte das Handy weg. »Du vergisst das hier am besten gleich wieder und hältst dich an dein Versprechen, richtig?«

»Richtig«, antwortete ich ihm, konnte das plötzliche Prickeln auf meiner Haut, das bei der Aussicht auf einen neuen Fall aufgetreten war, aber nicht ignorieren.

»Pünktlich wie die Maurer«, begrüßte mich Jonas Döhring und deutete auf die große Wanduhr, die fünfzehn Uhr anzeigte. Jonas war der Besitzer von Döhrings Allerlei, einem Geschäft gegenüber der Bücherei, das eine Mischung aus Café und Tante-Emma-Laden war. Es war dafür bekannt, der Treffpunkt von den Klatschbasen von Goldthal zu sein. Benötigte man Neuigkeiten oder Informationen zu einer bestimmten Persönlichkeit, einem Gerücht oder wollte selbst eine Information unters Volk bringen, war man in Döhrings Allerlei genau richtig.

Nach meiner Ankunft in Goldthal hatte ich so einige Schwierigkeiten, mich einzuleben, und in Jonas einen Freund gefunden. Jonas war nicht nur ein guter Freund und Kuchenlieferant, sondern auch mein guter Geist, der mit mir gemeinsam auf Verbrecherjagd ging.

»Für mich bitte ein Kaffee und dieses leckere Etwas in der Vitrine, das sieht himmlisch aus.« Jonas' Oma war eine Meisterbäckerin und schuld daran, dass ich bereits eine Kleidergröße zugenommen hatte. Aber wie könnte ich nicht diese ganzen Köstlichkeiten direkt vor meiner Nase kosten?

Jonas stellte mir einen Teller mit einer süßen kleinen Nascherei vor die Nase: Apfel-Honig-Kuchen in Form eines Tannenbaumes.

»Wie ist die Lage in den heiligen Bücherhallen gegenüber?«

»Wir können nicht klagen. Die neuen Weihnachtsmedien waren ruckzuck ausgeliehen, und Familie Nikolaus hat so viele Bücher mitgenommen, ich bin wirklich überrascht, dass wir überhaupt noch etwas im Regal haben. Jetzt aber zu den wirklich wichtigen Dingen im Leben. Komm zu Mami.«

Ich spießte ein großes Stück Kuchen auf und führte die Gabel Richtung Mund, als die Ladentür aufgerissen wurde und eine wild schnaufende Bäuerle hereingestürmt kam.

»Es isch furchtbar«, japste Bäuerle und schien kurz vor einem Kollaps zu stehen.

»Setz dich erst mal hin, Connie. Und dann kannst du uns in Ruhe erzählen, was passiert ist.«

Jonas bot ihr meinen Stuhl an. Ohne groß nachzudenken, sprang ich auf, griff über den Tresen und schnappte mir ein Glas und eine Wasserflasche. »Hier, trinken Sie erst mal.«

Sie leerte das Glas mit großen Schlucken, als ob sie einen Marathon hinter sich hätte.

»Was ist passiert?«, erkundigte sich Jonas und nahm neben Bäuerle Platz.

Sie sah ihn mit weit aufgerissenen Augen an. »Sagt bloß, ihr wissed ned, was passiert isch?«

»Nein, was denn?« Jetzt machte sie es aber wirklich spannend.

Bäuerle schnappte nach Luft. »Dr Kleinwächter isch tot. Mr had die Leich heit Morga in dr Ausgrabungsstätt gfunda.«

Ein Prickeln zog wieder über meine Haut. Das war also die Nachricht gewesen, die Tom heute Morgen am Telefon erhalten hatte. »Weiß man schon mehr? Wie ist er gestorben? Und gibt es schon Verdächtige?«

Bäuerle griff nach meinem Kuchenteller und schob sich das Stück, das bis vor ein paar Sekunden noch für mich bestimmt gewesen war, in den Mund. »I bin fix und fertig und renn scho dr ganzen Dag durch d' Stadt, mei Blutzucker isch völlig im Keller.« Sie schwenkte die Gabel durch die Luft, dass die Kuchenkrümel nur so rumflogen. »Erstochen wora soll er sei, dui arme Wurscht. Tja, und Behringer … na, mr wissed ja, wie des ausganga wird.« Sie zuckte mit den Schultern.

»Was hat die denn damit zu tun?«, fragte ich und konnte hier keinen Zusammenhang erkennen.

»Na, Behringer isch doch die Hauptverdächtige.« Als hätte es auf der Hand gelegen. Was nach dem Geschrei gestern wahrscheinlich auch so war, aber ich musste diese Info erst einmal verdauen.

»Das ist doch absurd.«

Aber je länger ich darüber nachdachte, desto mehr Sinn ergab das Ganze. Meine Gedanken spulten die Szene von gestern ab, in der wir Behringer und Kleinwächter gemeinsam sehen konnten. Beide hatten Streit gehabt, und Behringer hatte ihm vor allen Mitarbeitern gedroht. Und heute war er tot.

»Dora, in deiner Hose klingelt es.«

»Es ist die Nummer der Polizei.« Kurz stieg Panik in mir auf, wie immer, wenn ich diese Nummer der Polizei sah und mit dem Schrecklichsten rechnete. Dann gewann zum Glück die Vernunft wieder die Oberhand, und ich beruhigte mich damit, dass man mich nicht per Telefon darüber informieren würde, sollte Tom etwas passiert sein. »Ja, hier spricht Dora Fuchs. Mhm ... Ja, ich verstehe ... Ich komme.«

Jonas und Bäuerle sahen mich an. »Das war die Polizei, ich soll auf schnellstem Weg zur Polizeiwache kommen. Ohne Umwege. Mehr wollten sie mir nicht sagen.«

Koi Kuah glaubd oim, dass se amol a Kalb gwäsa isch

Ich stürmte das Polizeirevier von Goldthal und eilte zum Empfangstresen. Und da saß er vor mir, der Höllenhund persönlich – Gabriele Pischl.

Wie die Kaiserin persönlich saß sie hinter ihrem Monitor und las Zeitung. Ja, war das denn zu fassen? »Wo ist er? Was ist passiert?«

Der Höllenhund sah mich über ihren Brillenrand an und widmete sich wieder ihrer Zeitung. »Was wollen Sie?«

Ich sah sie irritiert an. »Sie haben mich doch angerufen, ich solle sofort aufs Revier kommen. Ist etwas mit meinem Mann passiert?«

Pischls Blick ging an die Decke. »Merkwürdig, ich kann mich gar nicht mehr erinnern. Na, wird schon nicht so wichtig gewesen sein.« Sie machte eine wegwerfende Geste und widmete sich wieder ihrer Lektüre.

Mir gingen zig Möglichkeiten durch den Kopf, wie ich dieser Frau den Garaus machen könnte. Wütend schaute ich sie an.

Eine Seitentür, die zu den hinteren Büroräumen führte, wurde geöffnet, und ich blickte in das Gesicht von Tom. Mein Gehirn brauchte einen Moment. »Gott sei Dank!« Ich lief um den Empfangstresen herum, ignorierte die bösen Blicke des Höllenhundes und schloss Tom fest in die Arme. »Ich dachte schon, dir wäre was passiert. Jag mir nie wieder solch einen Schrecken ein …«

Tom wirkte überrumpelt. »He? Warum? Hallo, Schatz … Natürlich geht es mir gut … Schön, dich zu sehen, aber was machst du hier?«

»Ich sollte doch so schnell wie möglich herkommen.« Ich warf Pischl einen bösen Blick zu.

»Ach ja, richtig«, begann Pischl und blätterte in ihrer Zeitung auf die nächste Seite um. »Bürgermeisterin Behringer hat nach Ihrer Gemahlin verlangt.«

Ein Kollege von Tom hatte mich in einen der Vernehmungsräume gebracht, wo ich nun saß und auf Behringer wartete. Der Tag war spannender geworden, als ich mir heute Morgen beim Zähneputzen erhofft hatte. Eine Leiche und nun eine Hauptverdächtige, die mich sprechen wollte.

Aber ich sollte nicht zynisch werden.

»Dora, was geht hier vor? Warum will dich unsere Chefin sehen?« Ich hatte auf einem der Stühle Platz genommen, während Tom auf und ab lief. »Du hattest doch versprochen, dich zukünftig aus den Ermittlungsarbeiten rauszuhalten.«

»Ich dachte, du weißt, was sie von mir will.« Das wurde ja immer merkwürdiger.

»Am besten lässt du mich erst mal mit Behringer sprechen, und dann versuchen wir dieses Missverständnis zu klären.«

Ich wollte gerade zu einer Antwort ansetzen, als die Tür geöffnet wurde und eine völlig fertig aussehende Behringer reingeführt wurde. Erschöpft ließ sie sich auf dem Stuhl gegenüber von mir nieder.

»Geht es Ihnen gut?«, fragte ich.

Behringer streckte den Rücken durch. »Vielen Dank, dass Sie gekommen sind.«

Okay, sie ging nicht auf den Small Talk ein. »Frau Behringer, warum bin ich hier?«

Die Bürgermeisterin richtete ihre Aufmerksamkeit auf Tom. »Herr Fuchs, ich würde mich gerne in Ruhe mit Ihrer Frau unterhalten.«

Ich konnte Toms Schnauben im Hintergrund hören. »Bei allem Respekt, Sie wissen so gut wie ich, dass das nicht möglich ist.« Tom fing sich einen strafenden Blick von unserer Chefin ein.

»Dann kommen wir gleich zum Geschäftlichen: Ich brauche Ihre Hilfe, Frau Fuchs.«

Mein Gesicht musste mir für ein paar Sekunden entglitten sein. »Meine Hilfe? Wobei?«

Behringer trommelte mit ihren Fingern auf die Tischplatte und schien nur wenig Geduld für meine Begriffsstutzigkeit zu haben. »Sie wissen ganz genau, wobei.«

»Leider nein«, versuchte ich es noch einmal.

»Setzen Sie Ihre Schnüffelnase ein und überzeugen Sie diese Pinguine von meiner Unschuld.« Damit deutete sie auf meinen Ehemann, und ich wollte sie fast schon korrigieren, bis mir alle seine Kollegen einfielen. Ja, Pinguine passte. Ich verkniff mir ein Grinsen.

Tom und ich warfen uns Blicke zu, die zwischen Verwirrung und Entsetzen hin- und herwechselten. Ich musste dringend einen Ohrenarzt aufsuchen und mich durchchecken lassen. Mir war fast so, als hätte Behringer mich gebeten, zu ermitteln und ihre Unschuld zu beweisen. Aber das war unmöglich.

»Frau Behringer, Sie können nicht –« Tom war neben unserer Chefin stehen geblieben und sah sie eindringlich an.

Behringer gab ihm mit einer raschen Handbewegung das Zeichen, zu schweigen. »Sie haben sich heute schon eine Menge Fehltritte erlaubt und sollten lernen, zu erkennen, wann man am besten den Mund hält.«

»Frau Behringer, ich verstehe nicht …« Ich war durcheinander und brauchte jetzt Klarheit. Gestern machte sie mir noch die Hölle heiß, und heute sollte ich ihre Unschuld beweisen. War das ein Test?

»Es ist doch ganz einfach«, begann die Bürgermeisterin. »Ich bin unschuldig. Ich habe niemanden getötet. Es gibt dafür keine Beweise.«

»Wir haben ausreichend Beweise, Frau Behringer.« Tom schien zu den mutigen Menschen in Goldthal zu gehören, er gab ihr Widerworte.

Behringer gab ein abfälliges Geräusch von sich. »Ich bitte Sie, das ist ja lächerlich. Ein Streit mit dem Opfer und ein Lippenstift, der am Tatort gefunden wird. Das sind Ihre ausreichenden Beweise für einen Verdacht?«

»Ihr Alibi –«

»Jetzt wird man schon dafür bestraft, Single zu sein. Eine Flasche Wein und der Fernseher scheinen nicht auszureichen.«

Das hätte ich ihr auch sagen können. Schließlich stand das in jedem mittelmäßigen Krimi. Auweia, ich konnte mir gut vorstellen, dass das schon den ganzen Tag so ging. »Und was genau kann ich nun für Sie tun? Ich bin keine Anwältin oder Polizistin.«

»Sie sollen meine Unschuld beweisen und den wahren Täter enttarnen.«

»Gestern meinten Sie noch –«

»Ach«, krächzte Behringer. »Was interessiert mich mein Geschwätz von gestern? Was glauben Sie, warum ich Politikerin geworden bin. Also?«

Das konnte nur ein Scherz sein. Ich begann zu lachen und sprang von meinem Stuhl auf. »Wunderbar, ihr habt gewonnen, herzlichen Glückwunsch. Also, wo ist sie, die Kamera von ›Verstehen Sie Spaß?‹?«

»Frau Behringer, das geht jetzt wirklich zu weit. Das ist Aufgabe der Polizei und nicht die meiner Frau.«

Behringer zog eine Augenbraue hoch. »Sie halten mich für die Mörderin. Sie machen, wie schon lange, einen miserablen Job, und das wird noch Konsequenzen haben, das können Sie mir glauben.«

»Im Moment sind Sie unsere Hauptverdächtige. Und bis wir Beweise für Ihre Unschuld haben –«

Behringer wedelte mit der Hand, als würde sie eine lästige Fliege verscheuchen wollen. »Also, Frau Fuchs, werden Sie mir helfen?«

Do hilfd ällas Bädda nix

I am the Queen and this is my kingdom.

So ungefähr musste sich Queen Elizabeth II. fühlen, wenn sie von ihrem Thron aus ganz England regierte. Ich war stolz auf mein Königreich, saß hinter der Verbuchungstheke und sah von meinen Bestellunterlagen auf.

Bernhard Winter, der ehemalige Leiter, hatte jahrzehntelang Geld der Stadtbücherei veruntreut. Als ihm Andreas Förstner, der Chef der örtlichen Bank, auf die Schliche gekommen war und ihn erpresst hatte, hatte er dafür mit dem Leben bezahlen müssen. Für Winter war es Pech gewesen, dass ich mit dem Gespür für kriminelle Aktivitäten gesegnet und hinter sein Geheimnis gekommen war.

Zum Glück, denn so konnten mein Team und ich Winters Geld, das wir behalten durften, dafür nutzen, die Bücherei ordentlich herzurichten. Und das war dringend nötig gewesen. Wir hatten den alten Teppich und die Neonleuchten aus den siebziger Jahren entfernt. Samt dem Mobiliar. Wir hatten der Bude mit frischer Farbe, schicken Lampen, einer Couch, Lernplätzen und Präsentationsmöbeln neues Leben eingehaucht. Und bevor uns das ganze Geld aus den Fingern geglitten war, hatten wir noch Konsolen und die passenden Spiele dazu eingekauft. Der ganze Stress der letzten Wochen hatte sich gelohnt. Die Bücherei war kaum wiederzuerkennen und freute sich endlich über mehr Besucher als jemals zuvor.

Tante Marlies hatte die Bücherei zu ihrem aktuellen Hauptquartier für sich und ihre Strickfreundinnen auserkoren. Doch die Konkurrenz schlief nicht. Walburga Clotz, Marlies' Erzfeindin und Anführerin der Quiltdamen »Drei links zwei hoch«, hatte Wind davon bekommen und sich ebenfalls hier ausgebreitet. Ich musste mir etwas überlegen, wie ich deeskalierend eingreifen konnte, bevor die Damen sich noch mit Strick- und Nähnadeln duellierten. Marlies und Walburga waren wie zwei Tornados, und wenn beide aufeinandertrafen, blieb nur verbrannte Erde übrig.

Ich seufzte zufrieden und sah auf die Uhr. Zehn Uhr, das bedeutete: Zeit für Kaffee und Kuchen. Aber seien wir mal ehrlich: Wann war nicht die perfekte Zeit für etwas Süßes und Koffeinhaltiges? Als hätte er meinen Wunsch nach etwas Süßem spüren können, trat Jonas durch die Eingangstür der Bücherei.

»Rettung naht«, sagte er und stellte sein Mitbringsel auf meiner Theke ab. Ich griff nach einer von den Spekulatius-Kirsch-Schnitten und gab ein lautes Schnurren von mir. »Lecker!«

Ein lauter Wums ertönte hinter mir und ließ mich aufquieken. Ich griff mir an mein Herz und drehte mich um. Medien, Konsolenspiele und unzählige Papiere lagen wild verteilt auf dem Boden und hatten meinen Kollegen unter sich begraben. Er schüttelte den Kopf, sah zu Jonas und mir hoch und stotterte eine Begrüßung. Mit einem leidenden Stöhnen begann er, seine Unterlagen einzusammeln und zu den Jugendmedien um die Ecke zu gehen. Wie auch mein neues Möbelinventar war er meinem Ruf in die Bücherei gefolgt und seit rund einem Monat Mitglied in unserem Team.

Ich hatte mit Engelszungen auf Behringer eingeredet, in die Zukunft der Bücherei zu investieren und die beruflichen Tore noch weiter zu öffnen. Und sie war meiner Bitte tatsächlich nachgekommen, weshalb Luis Keppler, Medienpädagoge aus Kassel, hier nun gemeinsam mit mir das Leben als Reingeschmeckter fristen musste. Es war noch nicht viel Zeit vergangen, weshalb ich nur wenig über Luis sagen konnte. Ich wusste zwar nicht viel über den Alltag meiner Mitmenschen, dafür gab es hier im Ort genug verlässliche Quellen. Aber eines wusste ich gewiss: Luis war bis über beide Ohren in Jonas verknallt.

Und Jonas? Der schien so blind wie alle Männer zu sein und Luis nicht wirklich wahrzunehmen. Ich würde hier wohl meine innere Aphrodite einschalten und den beiden auf die Sprünge helfen müssen. Vielleicht sollte ich von der Bearbeitung von Kriminalfällen auf die Anbahnung von Liebesgeschichten umsteigen? Am besten nähme ich Tante Marlies noch mit ins Boot, die kannte sich in Liebesdingen gut aus. Hier würde noch sehr viel Arbeit auf mich warten.

»Jetzt erzähl schon, warum solltest du gestern so schnell auf das Polizeirevier kommen? Ich bin aus deiner Nachricht nicht schlau geworden.«

»Das war doch ganz eindeutig: Teufel, Pistole und Lupe.«

Jonas kratzte sich am Kopf. »Keine Ahnung, was das bedeuten soll.«

»Teufel stand für Behringer, die Pistole für einen Mord und die Lupe dafür, dass wir einen Auftrag haben. Ganz einfach.«

»Du bist verrückt.«

Ich grinste. »Ich weiß. Stell dir vor …« Und dann berichtete ich Jonas von meinem Besuch bei Behringer und was sie von mir wollte.

»Du machst Scherze.« Jonas sah mich an, als würde ich ihn auf den Arm nehmen wollen. »Und was hast du ihr geantwortet?«

»Auf diese Frage gab es nur eine einzige Antwort.«

»Oje, dein Mann war sicherlich alles andere als begeistert.«

Ich zuckte mit den Schultern. »Da muss Tom jetzt durch. Wenn einen die Bürgermeisterin darum bittet, einen Mordfall aufzuklären, kann man ja schlecht Nein sagen. Vor allem, wenn besagte Bürgermeisterin die eigene Vorgesetzte ist.« Und in Gedanken fügte ich hinzu: Und wer weiß, vielleicht finden wir auch heraus, wer für die gestohlenen Gemälde verantwortlich ist.

»Eigentlich schon«, erwiderte Jonas und nahm einen Bissen von seinem Kuchen. »Du bist ja nicht bei der Polizei oder eine Detektivin, und hattest du nicht gesagt, dass die Behringer dich aufgefordert habe, nie wieder zu ermitteln? … Okay, okay, ich sag ja schon nichts mehr.« Er hob beschwichtigend die Hände, als ich ihm einen bösen Blick zuwarf.

Ich richtete meine Gabel auf ihn. »Am besten hältst du dich jetzt zu jeder Tages- und Nachtzeit bereit.«

»Bereit wofür?«, fragte Jonas begriffsstutzig und sah dabei wie ein Welpe aus.

»Jetzt geht es auf Mörderjagd, Watson.«

Mr muss's nemma, wie's kommt

»Endlich Feierabend.« Ich ließ die Wohnungstür hinter mir ins Schloss fallen und hängte meine Jacke an die Garderobe. »Tom, bist du hier?«, fragte ich in Richtung Wohnzimmer, aus dem mir Licht entgegenflimmerte.

Keine Reaktion. Merkwürdig. Ich stellte meine Handtasche auf dem kleinen Schuhschränkchen ab und betrat das Wohnzimmer.

Unsere Katzen Miss und Mrs jagten sich gegenseitig in einem Affenzahn durch die Wohnung und hielten es nicht für nötig, mich zu begrüßen. So viel zu meinem Stellenwert in dieser Familie.

Ich fand Tom auf der Couch vor, wie er sich in langsamen, ruhigen Bewegungen hin- und herwiegte und den Blick starr auf sein Handy gerichtet hielt, das auf dem Wohnzimmertisch lag. Ich nahm neben ihm Platz und berührte ihn sanft an der Schulter.

»Ist etwas passiert?«, fragte ich vorsichtig.

Er war ganz blass und sah mitgenommen aus.

»Neumüller«, sagte Tom nach einer Weile und vergrub sein Gesicht in seinen Händen. »Er hatte einen Unfall. Er war mit Pischl in Göppingen in der Schlittschuhhalle, und tja … es gab wohl einen unschönen Zwischenfall zwischen ihm und einer dieser Begleitfiguren für kleine Kinder. Bremsen ist noch nie seine Stärke gewesen. Er liegt jetzt erst einmal in der Klinik am Eichert.«

Ich konnte nicht anders und begann zu lachen. Die Vorstellung, wie Neumüller gemeinsam mit dem Sauertopf Pischl übers Eis getänzelt war und Pirouetten gedreht hatte: einfach zu köstlich.

Tom warf mir einen tadelnden Blick zu. »Das ist nicht

witzig.« Aber auch einer seiner beiden Mundwinkel zuckte leicht.

Ich räusperte mich. »Natürlich nicht, entschuldige bitte. Zum Glück ist nichts Schlimmeres passiert, und er wird sich sicherlich schnell wieder erholen.« Als mein Kopfkino einen neuen Film einlegte und ich mir vorstellte, wie Neumüller eingewickelt wie eine Mumie an sein Bett gefesselt war und Pischl ihn mit Suppe fütterte und »Hier kommt das Flugzeug« spielte, war es wieder zu viel, und ich kicherte.

»Was mache ich jetzt nur?« Tom erhob sich, die Arme vor der Brust verschlungen, und begann, vor mir auf und ab zu marschieren. Neumüllers Unfall schien ihm wirklich nahezugehen. Und was tat ich? Ich gackerte wie eine Henne und bemerkte nicht einmal, dass es meinem Mann nicht gut ging.

»Mach dir keine Sorgen, ich bin mir sicher, dass Krankenschwester Pischl sich wundervoll um ihren Patienten kümmern wird. Ganz sicher.«

Tom schüttelte den Kopf. »Das ist tröstlich für ihn, hilft mir jedoch nicht.«

»Wie meinst du das?« Wollte Tom etwa neuen Schwung in unsere Beziehung bringen und mir durch die Blume Hinweise geben, dass es an der Zeit war, in die Rollen von Dr. Frank und Krankenschwester Stefanie zu schlüpfen? Mir fehlten die Worte.

»Wenn Neumüller für längere Zeit ausfällt, rücke ich nach.«

Ohhh! Jetzt verstand ich endlich, was los war. Tom war Neumüllers Stellvertretung und würde nun den Mord an Kleinwächter und den Kunstraub aufdecken müssen. Na, herzlichen Glückwunsch.

Tom war ein ausgezeichneter Ermittler. Er besaß Ausdauer, ließ nicht locker, konnte kombinieren und war schlau. Während seiner Dienstzeit in Stuttgart hatte er mehrere Fälle im Alleingang aufklären können. Aber nun zwei große Fälle auf einmal mit solch einem kleinen Team, das würde mich auch in Panik versetzen. Nur konnte ich ihm das schlecht sagen.

»Wow«, lautete also meine geistreiche Antwort, und ich knabberte an meinen Lippen.

»Du sagst es.« Tom nahm wieder neben mir Platz und seufzte schwer.

»Zum Glück hast du Björn an deiner Seite, ihr seid ja ein eingespieltes Team und werdet das hinbekommen.« Mit Björns Hilfe würde Tom das meistern.

»Björn ist für die Gemälde zuständig, und Saskia arbeitet mit mir an Kleinwächters Tod.«

Die phantastische Saskia … wie hatte ich die nur vergessen können. Fühlte ich mich von Toms attraktiver Kollegin bedroht, und machte ich mir Sorgen, weil sie so viel Zeit mit meinem Mann verbrachte? Möglich. Aber jede Art von Unterstützung war nun wichtig für Tom. Selbst von ihr.

»Keine Ahnung, wie ich das schaffen soll.«

Ich ging meinen Gedankenspeicher durch und suchte fieberhaft nach irgendwelchen Glückskekssprüchen, Weisheiten oder Ratschlägen, mit denen ich ihm Trost und Mut zusprechen könnte. Kurz überlegte ich, ihn zu fragen, ob er mich nicht als Sonderermittlerin einstellen wollte? Auch ohne Bezahlung, nur um ihm zu helfen? Aber die Sorgenfalten auf seiner Stirn hielten mich davon ab. Tom und ich waren Pragmatiker, durch und durch. Tom war wie geschaffen für diesen Posten und würde einfach etwas Zeit benötigen, sich an die neue Situation zu gewöhnen. Mit den ersten Erfolgen würde er immer selbstsicherer werden. Und selbstverständlich würde ich ihn dabei tatkräftig unterstützen.

Ich nahm sein Gesicht zwischen meine Hände und sah ihm tief in die Augen. »Du wirst das wunderbar machen, ich bin so stolz auf dich, mein Schatz. Du kannst den Goldthälern ordentlich einheizen und allen zeigen, was für ein toller Ermittler du bist. Mein Ermittler«, sagte ich und gab ihm einen sanften Kuss, den Tom erwiderte. Wenn jemand diesen Fall lösen konnte, dann mein Mann.

Mit meiner Hilfe selbstverständlich.

Bees muss Bees vrtreiba

»Was ist so dringend, dass es nicht warten kann?«

Ich hatte mich durch den schmalen Gang zwischen den Stühlen gequetscht und nahm neben Bäuerle Platz. Die Chefsekretärin unserer Bürgermeisterin hatte mich in der Bücherei angerufen und mich umgehend in den Sitzungssaal des Rathauses zitiert. Außer Puste saß ich nun neben Bäuerle, die heute wieder ein gewöhnungsbedürftiges Ensemble aus verschiedenen Rosatönen trug und aufgebracht in ihr Smartphone tippte.

»A morz Galama, i kann's Ihne nur saga.« Sie unterbrach kurz das Getippe und sah mich an. »Jetzt, wo d' Behringer aus em Amt enthoba wora isch, had dr Gemeinderat a außerordentliche Sitzung einberufa und will die Stell interims besetza. Ha, die spinned doch total! Dass des wieder 'n Sack voll Arbeit für mi hoißt, daran denkt koiner.« Bäuerle setzte einen Schmollmund auf.

Was konnte man auf so etwas antworten? Dem toten Kleinwächter und der verdächtigen Behringer würde so einiges einfallen, aber ich befand mich nicht in der Position, irgendetwas Tiefgründiges zu sagen. Also sprach ich das Erstbeste aus, was mir in den Sinn kam: »Sie sind wirklich eine arme Wutz, die ärmste von allen.« Unbeholfen klopfte ich ihr auf die Schulter.

»I woiß.« Bäuerle nickte. »Heit isch Mittwoch, mein kurzer Bürotag, an dem i immer zu meim Beckebodenyoga gang. I kann Ihne saga, seit i des mach, bin i so biegsam wie a Brezl.« Sie gab sich einen kleinen Klaps auf die Hüfte und zwinkerte mir zu. »Und meim Peter gfällt's au, wenn Se wissed, was i moin. Aber anstatt an meinem Ärschle zu schaffa, hock i jetzt dahana und muss mr des neizieha.«

»Sehr aufregend«, versicherte ich ihr und wurde das Bild von einer Bäuerle, die sich in einem eng anliegenden pinkfarbenen Leoparden-Aerobic-Outfit auf dem Boden hin und her warf, nicht mehr los. *Too much information.* Ich konnte nur hoffen, dass die Sitzung gleich anfing.

Gott schien mein Stoßgebet vernommen zu haben und ließ die außerordentliche Sitzung wenig später beginnen. Gepriesen sei der Herr. Wenn er jetzt noch dafür sorgte, dass die Sitzung spannend wurde, könnte ich mir vorstellen, an einer der Sonntagsmessen mal wieder in der Kirche vorbeizuschauen. Schließlich hatte ich das Ticket für den Himmel noch nicht gelöst, und die Höllenoption stand mir noch offen.

Spannung schien jedoch nicht auf der Kurzwahltaste von Gott vorhanden zu sein, weshalb der Gemeinderat trocken und langsam den Sachverhalt der Verhaftung unserer Bürgermeisterin darstellte. Und wie wichtig es nun sei, den befleckten Posten des Bürgermeisteramtes mit einer vertrauensvollen Persönlichkeit zu besetzen, bis die unschöne Sache mit Behringer geklärt sei.

Ralf Hartmann, der Besitzer des örtlichen Supermarktes und Mitglied des Gemeinderates, schien die Sitzung zu leiten. Er knallte seinen kleinen Richterhammer in schnellen rhythmischen Schlägen auf den Tisch. Hatte er den noch schnell aus dem Fundus der hiesigen Schauspielgruppe gestohlen?

»Da wir nun die Sachlage geklärt haben, kommen wir zu den Kandidaten, die eine Interessensbekundung für den Posten des Bürgermeisters abgegeben haben. Herr Krupp, beginnen wir mit Ihnen. Welche Ziele würden Sie verfolgen, und wie würden Sie die Zeit bis zur Klärung von Behringers Fall nutzen? Sie haben das Wort.« Hartmann richtete seinen Hammer auf einen Mann, den ich nicht richtig erkennen konnte, da er sich hinter einer Säule aufgestellt hatte.

»Sehr geehrter Herr Vorsitzender, meine Damen und Herren. Die Statistik spricht für sich. Seit Behringer das Amt der Bürgermeisterin innehat, gehen die Zahlen der Einwohner stetig zurück. Das neue Kurzentrum musste auf Eis gelegt werden, und Sie wissen, dass durch diesen Bau unsere Wirtschaft angekurbelt worden wäre. Und denken Sie erst einmal an die Klage wegen des Baus der Hauptstraße …«

Krupp ließ ja kein gutes Haar an Behringer und schien das für sich zu nutzen. Ich hatte nicht die leiseste Ahnung, wer das war, und lehnte mich zur Seite, um das Orakel von Goldthal zu befragen. »Kennen Sie diesen Krupp?«

Bäuerles Gesicht begann zu strahlen. »Freile, des isch doch dr Florian Krupp. Dem ghört die Baufirma Krupp und Söhne. Und des isch en ganz schlimmer Finger, der lässt nix anbrenna und bespringt alles, was ned bei drei auf de Bäum isch. Der sieht aber au oifach verboda guad aus.« Bäuerle fächerte sich Luft zu.

»… Sie sehen, ich wäre die beste Wahl für dieses Amt. Mit mir erhalten Sie ein glänzendes Aushängeschild, das Goldthal in eine glorreiche Zeit führen kann.« Der Gemeinderat begann zu applaudieren und nickte sich zu.

»Annette, du bist dran.« Hartmann nickte der Vorsitzenden des Heimatbunds zu. Annette Pötzsch stand von ihrem Stuhl auf, blieb mit einem Bein am Henkel ihrer Handtasche hängen und stolperte vor den Gemeinderat. »Himmel, Arsch und Zwirn!«, fauchte Pötzsch und warf ihrer Handtasche einen finsteren Blick zu, bevor sie sich den Mitgliedern des Gemeinderats zuwendete. »Leitla, die Lage isch doch ganz klar. Mir hend dahana en Fall von Verrat, Betrug und Raub. Goldthal ghört uns, und mir müssed es schütza!« Pötzsch richtete ihren Finger anklagend auf den Gemeinderat.

»Dui isch so gaga«, kommentierte Bäuerle und verdrehte die Augen. »Die Büchs stand jede Woch bei uns im Büro und had a Gschies gmacht wege dera Ausgrabung. Dass Behringer dui ed scho lang hegmacht had, isch a Wunder.« Wir hatten hier also noch eine Person, die Behringer ans Bein pinkeln wollte, um an deren Posten zu gelangen.

Pötzsch schien zu ihrem Schlussplädoyer zu kommen und hob ihre Stimme an. »Diese ekelhaften Maulwürfe, die in unsrem Boda wühlet und älles durcheinanderbringed, müssed weg! Mir Bürger müssed besser gschützt werden. Dafür stehe ich mit meinem Namen.« Das hatte ja fast schon fanatische Züge und bescherte mir eine Gänsehaut.

Hartmann sah verwirrt aus und bedeutete Pötzsch mit seinem Hammer, sich zu setzen. »Danke, Annette, wir melden uns bei dir. Kommen wir nun zu unserer dritten Kandidatin.«

Michaela Nothdurft-Schlüpfer war vorgetreten. »Vielen Dank, Herr Hartmann. Sie alle kennen mich. Als Leitung der Agnes-von-Engel-Grundschule bin ich es gewohnt, zu führen. Mich flexibel den Gegebenheiten anzupassen, auf Veränderungen zu reagieren, zu delegieren und zu handeln. Ich habe keine Angst, Entscheidungen zu treffen, und halte den Druck von außen aus. Und wie sagte einst Karl Nothdurft, einer der ehemaligen Bürgermeister von Goldthal und mein Urgroßvater, so schön? Goldthal und seine Bürger liegen mir am Herzen, und das kann ich nur unterstreichen. Eine Führungsrichtung würde unserer schönen Gemeinde guttun, das garantiere ich Ihnen allen.«

Drei Bewerber, die mit der aktuellen Führung nicht zufrieden waren, und jeder Einzelne von ihnen hatte eigene Ziele. War es vielleicht sogar möglich, dass einer von ihnen Behringer absichtlich geschadet hatte, um an ihren Posten zu kommen. Aber welcher? Der Lustmolch, die Rebellin oder die Pädagogin?

A Schdigg Brod em Sag isch bessr wia a Fädr am Huad

Es hatte die ganze Nacht über geschneit, und in ganz Goldthal herrschte eine sibirische Kälte. Ich zog den Mantel enger um mich und dachte an all die armen Streuner da draußen, ob nun Mensch oder Tier, die sich bei dieser Kälte im Freien durchschlagen mussten. Ganz im Gegensatz zu meinen beiden Fellnasen zu Hause, die vermutlich eingekuschelt in einem Teppich auf der Couch lagen und sicherlich von Pudding und Leckerlis träumten.

»Warum um alles in der Welt mussten wir hier raus? Ich erfriere gleich.« Jonas klapperte mit den Zähnen und hatte von der Kälte bereits eine rote Nase. Der kleine Rudolf. Wie die Yetis, eingehüllt in mehrere Schichten Fell, stapften wir durch Massen von Schnee und erreichten den Eingang des Stadtgartens. Vor uns lag eine kleine Allee, die uns direkt auf den großen Schlossplatz mit einem Teich und modernen, hässlichen Skulpturen führte. Mein Ziel.

»Wenn wir richtig ermitteln wollen, müssen wir beim Anfang beginnen. Einmal Tatort und zurück. Beim letzten Mal war es ein Heimspiel, da hatten wir die Leiche direkt vor unserer Nase. Dieses Mal müssen wir die Kuh von einer anderen Seite aufziehen, um den Fall lösen zu können.«

»Und du bist dir sicher, dass du weißt, was du da tust?«

»Woher das Misstrauen? Habe ich dir schon einmal einen Grund zum Zweifeln gegeben?«

Auf diese Frage gab es natürlich keine Antwort. Als Jonas jedoch den Mund öffnete, um mir zu antworten, zog ich die Augenbrauen ein Stück hoch. Damit hatte ich nicht gerechnet.

»Du? Niemals. Moment, wie war das noch einmal mit Bauer Heinrich, der mit seiner Schrotflinte auf uns gezielt hat, weil du ihn verdächtigt hast, er würde seine Schweine mit Anabolika füttern?«

Schuldbewusst zog ich die Schultern hoch. »Die Sau war aber auch riesig, konnte ja keiner ahnen, dass die von Natur aus so fett war. Wir sind da, jetzt brauche ich deine volle Konzentration.« Wir hatten unser Ziel erreicht und standen vor der Ausgrabungsstätte.

Archäologen des Gotthard Instituts für Geschichte aus Ulm, einer privaten Einrichtung, waren vor einigen Wochen hier gelandet und hatten eröffnet, dass Goldthal auf den Ruinen einer alten alemannischen Siedlung stehe und es dies zu beweisen gelte. Im Namen von Kultur und Welterbe, und dagegen kam man nicht an. Sie hatten Behringer völlig überrumpelt und mit den Ausgrabungen begonnen.

Zur Skepsis aller war Kleinwächter mit seinem Team nach kurzer Zeit tatsächlich auf erste Artefakte und anschließend auf eine kleine Ruine gestoßen, die einst ein Haus gewesen sein musste. Und hier standen wir nun, vor einer Ausgrabungsstätte, die von unzähligen weißen Zelten besiedelt war. Die Zelte waren wie eine Siedlung um ein altes Alemannenhaus errichtet worden, das ein Zeugnis aus einer längst vergessenen Zeit war. Und der Tatort. Wenn das nicht ein spannender Fall war, dann wusste ich auch nicht. Spannender als brennende Mülltonnen allemal, und solange die Ermittlungen liefen, waren die Zelte und die Ausgrabungsstätte verwaist, besser ging es doch gar nicht. Gekonnt ignorierte ich das Absperrband und die Warnhinweise der Polizei, die um die Zelte aufgestellt worden waren.

»Ich habe keine Ahnung, was du hier zu finden glaubst.« Jonas ging in die Hocke und zog sich seine Handschuhe aus. Mit seinen Fingern fuhr er über den frisch gefallenen Schnee. »Wenn es hier einmal Spuren gegeben haben sollte, sind die verschwunden. Wer weiß, wie viele Leute mittlerweile hier entlanggelaufen sind, ob der Weg geräumt wurde, und jetzt noch der Neuschnee. Dass wir so schnell scheitern, hätte ich nicht gedacht. Lust auf Kaba?«

Jonas stand wieder auf und wandte sich zum Gehen. Da hatte aber jemand überhaupt keine Lust auf ein bisschen vorweihnachtliche Ermittlungen. Wahrscheinlich nahm er mir das mit der Schrotflinte noch übel.

Ich biss mir auf die Lippen. Wegen solch einer kleinen Hürde wie Schnee oder Spurensicherung würde ich nicht so schnell aufgeben. »Ach, das bisschen Wetter hält uns doch nicht davon ab, einen Mörder zu jagen.« Ich stieß eine Atemwolke aus, zückte mein Handy und machte Fotos von der Ausgrabungsstätte und der Umgebung. Man wusste ja nie. »Und heißer Kaba ist nur etwas für Gewinner. Wir beginnen jetzt damit, alles ganz genau –«

»Habe ich doch richtig gehört.«

Jonas und ich drehten uns um. Wir standen Tom und seinem Kollegen Björn Wagenknecht gegenüber, die aus der Ausgrabungsstätte traten und sich hinter die Absperrung stellten. »Solche Reden schwingen kann nur meine geliebte Frau.« Tom gab mir einen Kuss zur Begrüßung.

»Was führt euch hierher?«, fragte ich die beiden etwas überrascht. Mit meinem Mann hatte ich hier nicht gerechnet.

»Unsere Arbeit, und wenn ich fragen darf, was führt euch beide hierher? Soweit ich weiß, seid ihr weder Archäologen noch Polizisten. Ich hoffe doch sehr, nicht dieser alberne Wunsch von Behringer.«

Bevor ich antworten konnte, bat Tom seinen Kollegen, schon einmal zum Auto vorzugehen. »Schatz, ich bitte dich, wir haben das gestern doch ausführlich diskutiert. Und du hattest mir versprochen, dich herauszuhalten und zukünftig das Ermitteln uns zu überlassen.«

Und wie wir das gestern Abend zu Hause diskutiert hatten. Stundenlang. Tom hatte unzählige Argumente gehabt, warum ich dem Wunsch von Behringer nicht nachgeben könnte. Und ich hatte immer dagegengehalten. Am Ende war es unentschieden gewesen. Mein Mann, der seine Ausgabe von »Kriegsführung für Fortgeschrittene« wohl doch noch nicht ganz durchhatte, hatte dieses Ergebnis völlig falsch eingeschätzt.

»Ich versuche doch nur, etwas herauszufinden. Es ist immerhin meine Bürgerpflicht, zu helfen.«

»Du hilfst uns sehr, indem du dich aus den laufenden Ermittlungen raushältst.«

Ich verdrehte meine Augen. Das hatte so keinen Wert. Tom würde sicherlich noch eine Stunde auf mich einreden und mir zig Gründe liefern, warum ich mich aus den Ermittlungen raushalten sollte. Wir Menschen waren zum Glück lernfähig, und deswegen hatte ich meine Hoffnung bei Tom auch noch nicht aufgegeben. Jonas und ich würden zu einem späteren Zeitpunkt zurückkehren, wenn wir in Ruhe unsere Untersuchungen durchführen konnten.

»Frau Fuchs, schee, Se zu seha. I han Se under dera Wuschelmähne ed erkannt.« Die Bäckereifachverkäuferin zwinkerte mir zu. Ich hatte mich dazu entschieden, mein Afrohaar weiter wachsen zu lassen und offen zu tragen. Seitdem konnten es die Goldthäler nicht lassen, mich in regelmäßigen Abständen darauf anzusprechen. Ich lächelte die Verkäuferin an und zählte das Kleingeld in meinem Geldbeutel. Als Person of Color hatte man es auf dem Land nicht leicht.

Nachdem Tom am Tatort aufgetaucht war und sein Revier markiert hatte, hatten Jonas und ich unsere Mission auf einen späteren Zeitpunkt verschoben. Jonas hatte für Oma Lotte noch einen Abstecher in die Apotheke machen müssen, und ich wollte mir kurz etwas zum Essen besorgen. Danach erwartete mich ein riesiger Berg von Arbeit an meinem Schreibtisch.

Das Grinsen auf dem Gesicht meines Gegenübers verzog sich zu einer abfälligen Miene. »Die Zigeuner scho wieder, vor denen had mr nirgends sei Ruh. Schaued Se bloß ed na, Frau Fuchs, die ganget glei wieder.«

Die plötzliche Veränderung überraschte mich doch sehr. Natürlich drehte ich mich um und sah einen Mann mit einem kleinen Mädchen den Laden betreten. Das musste die neu zugezogene Familie sein. Die Rumänen, wie die Verkäuferin so politisch unkorrekt betont hatte. Ich konnte gar nicht so viel fressen, wie ich in diesem Moment kotzen wollte. Diese Landpomeranze!

»Es heißt Roma und nicht Zigeuner.« Ich spürte die aufsteigende Wut in mir.

Die Verkäuferin begann sich ihrer Ware zu widmen und murmelte etwas vor sich hin, das so klang wie »Pack bleibt eba Pack«.

Ich setzte ein Lächeln auf, das von Herzen kam, und ging zu dem Vater und seiner Tochter.

»Herzlich willkommen in Goldthal! Fuchs mein Name, Leitung der örtlichen Bücherei. Ich würde mich freuen, wenn Sie und Ihre Familie uns besuchen kommen würden.«

Der Vater erwiderte mein Lächeln. »Vielen Dank, Marian Antonescu hier, und das ist meine Tochter Romina.« Die Kleine mit ihren dunklen Knopfaugen war wirklich zuckersüß.

»Ich muss leider los, aber wir sehen uns.« Ich ging Richtung Ausgang.

»Frau Fuchs, Se hend Ihre Weckle vergessa.«

Mir war übel, und Hunger hatte ich eh keinen mehr. »Können Sie behalten, bei solch einer rassistischen Atmosphäre kann einem der Hunger nur vergehen.«

Da war man mal kurz aus dem Haus, und schon brach hier das Chaos aus. Ich hatte die Bücherei betreten und fand meinen neuen Kollegen Luis blutend an der Theke sitzen, während Ulrike, die die Hände hinter den Rücken geschlungen hatte, ganz interessiert die Wunde beobachtete.

»Was ist denn passiert?«, fragte ich erschrocken, warf meine Jacke von mir und eilte zu meinen Kollegen.

»Er ist gestürzt«, erklärte Ulrike.

Die Hose war eingerissen und gab ein offenes Knie frei, dazu die Schürfwunden, die Luis an den Händen hatte.

»Luis braucht ein Pflaster.«

Ulrike strahlte, und ich konnte mich nicht daran erinnern, wann ich sie das letzte Mal so zufrieden gesehen hatte. »Super, Moment.« Sie eilte in unser Büro und holte den Erste-Hilfe-Kasten. »Die Wunde müssen wir nähen.«

Skepsis breitete sich in mir aus. Ich liebte Krankenhausserien, aber ich würde es mir niemals zutrauen, jemanden medizinisch zu behandeln.

Ich sah meine Kollegin an. »Sind Sie sicher, dass Sie das können?«

»Natürlich, ich kann Knöpfe annähen.«

Luis sah unsere Kollegin mit großen Augen an, und ich konnte sehen, wie er von Sekunde zu Sekunde blasser wurde.

»Ulrike, Sie haben wohl zu viele Rambo-Filme geschaut.« Das konnte doch nicht ihr Ernst sein.

Ulrike zog sich Handschuhe an und bewaffnete sich mit Desinfektionsmittel. »Holen Sie mal ein Stöckchen, er muss auf etwas draufbeißen, damit er nicht schreit.«

Luis schaute panisch zwischen Ulrike und mir hin und her und erbrach sich schließlich vor uns.

»Wir sollten unbedingt einen Krankenwagen holen!«, quietschte ich.

Ulrike verzog das Gesicht und hatte dadurch wieder erschreckende Ähnlichkeit mit ihrer Grumpy-Cat-Tasse. »So ein Weichei!«

Viel Drobbfa gäbad au an Bach

Was für ein Tag.

Ich hatte Ulrike zum Glück davon abhalten können, doch noch selbst Hand an Luis zu legen. Das wäre ja noch schöner. Der Krankenwagen war schnell gekommen und hatte Luis zum Glück mitgenommen. Kopfschüttelnd betrat ich unser Büro, hängte meinen Mantel an den Kleiderständer, setzte mich an meinen Schreibtisch und meldete mich am Computer an. Ich hatte in den letzten Tagen einige Verlagsprospekte gesammelt und wollte mich nun an die Bestellungen neuer Medien machen, eine meiner Lieblingsaufgaben in meinem Beruf. Ich hatte begonnen, mich in die einzelnen Prospekte einzuarbeiten, als eine Dienstmail in mein Postfach geflattert kam. Ich wollte die Mail nur kurz überfliegen, aber der Inhalt der Mail war interessant. Bäuerle hatte im Namen des Gemeinderats eine Rundmail an alle Angestellten der Stadtverwaltung geschrieben. Behringer war bis zur Klärung der Ermittlungen von ihrem Amt freigestellt worden. Ein längerer Aufenthalt in der U-Haft war aufgrund mangelnder Beweise nicht nötig. Und Nothdurft-Schlüpfer würde interimsweise den Posten der Bürgermeisterin übernehmen. Da war wohl die pädagogische Ansprache oder der Einfluss der Nothdurfts ausschlaggebend gewesen.

»Hattest du schon Gelegenheit, etwas über den Toten in Erfahrung zu bringen?« Jonas nahm auf dem Stuhl neben mir Platz.

»Ein bisschen was.« Ich nippte an meinem Früchtetee, der mittlerweile kalt geworden war, und verzog das Gesicht. Kalter Tee war eine Abscheulichkeit. Nach dem Desaster in der Bäckerei und dem Unfall von Luis war meine Pause irgendwie in Vergessenheit geraten. Aber zum Glück besaß mein Freund Jonas ein Geschäft mit Leckereien, in dem ich mich nun aufhielt und mich selbst verwöhnte. Die Mail über die Nachbesetzung von Behringer war zu viel des Guten gewesen, deshalb die Belohnung. Und nebenbei wollte ich etwas über Kleinwächter recherchieren und mir die Bilder von der Ausgrabungsstätte anschauen. Die hatten jedoch keine neuen Erkenntnisse gebracht.

»Ein Mensch wie Kleinwächter hat sicherlich seinen eigenen Wikipedia-Eintrag geschrieben, um sich noch wichtiger zu machen.«

So jemanden kannte ich auch. Meine Mutter. Meine Schwester und ich hatten sie angefleht, es nicht zu tun, aber meine Mutter hatte es nicht lassen können. In den schillerndsten Farben hatte sie ihre fiktive Biografie über ihre Herkunft und Karriereleiter niedergeschrieben. So war aus der Bauerntochter Mizzi Schleicher aus Hattenhofen Malin Seidel geworden, Tochter eines Immobilienmaklers aus Heidelberg. Ein aufstrebendes Schauspieltalent, das bereits im zarten Alter von sechs Jahren, Geburtsjahr unbekannt, entdeckt worden war. Wenn Pinocchio weiblich gewesen wäre, hätte er sicherlich wie meine Mutter ausgesehen.

»Einen Wikipedia-Eintrag konnte ich nicht finden, dafür aber einen Nachruf vom Gotthard Institut für Geschichte: ›Das Gotthard Institut für Geschichte trauert um Dr. Matthias Kleinwächter … Der Wissenschaftler ist gewaltsam ermordet worden, eine Tat, die uns erschüttert … Studium mit der Fachrichtung Mittelalterarchäologie an der Eberhard Karls Universität in Tübingen … ein geschätzter Kollege … hat jahrelang unter der Leitung von Professor Dr. Wilhelm Korb gearbeitet … Die Mitglieder des Instituts werden dem Verstorbenen stets ein ehrendes Andenken bewahren … Unser tiefes Mitgefühl gilt seiner Ex-Frau, der Kunsthistorikerin Stefanie K.‹«

»Das ist aber ein kurzer Nachruf«, kommentierte Jonas meine Zusammenfassung.

Ich zuckte die Schultern. »Gab wohl nicht viel mehr zu sagen. Aber viel wichtiger sind die ganzen Hinweise, die in diesem Text enthalten sind, findest du nicht auch?«

»Ehm ... *nope.*«

Ich drehte meinen Monitor in die Richtung von Jonas und markierte die Textstellen, die mir ins Auge gesprungen waren. »Er hatte eine Ex-Frau, die Kunsthistorikerin ist. Was für ein Zufall, dass er in Goldthal stationiert ist, wo nach und nach Gemälde verschwinden und anschließend als Fälschungen wieder auftauchen.«

Jonas riss die Augen auf. »Du sagst doch immer, Zufälle gibt es nicht.«

Ich nickte. »Zufälle sind sehr unwahrscheinlich. Mir ist noch etwas aufgefallen: Kleinwächter hat in Tübingen Mittelalterarchäologie studiert und sicherlich in dieser Fachrichtung gearbeitet. Was denkst du?«

»Und was will er dann mit den Alemannen?«

»Das ist eine wirklich gute Frage, Watson. Hast du gewusst, wie viele Foren es zu Archäologie gibt? Das hätte ich wirklich nicht erwartet. Und ich konnte sogar etwas Nützliches für uns in Erfahrung bringen.«

»In einem Forum für Archäologie?« Jonas zog skeptisch seine Augenbrauen hoch.

»Stell dir vor. In ein paar Tagen findet in Stuttgart die 65. Fachtagung schwäbischer Archäologen statt.«

Jonas nickte gespielt interessiert. »Wow, das hört sich nach einer Menge Spaß an.« Er gähnte.

»Richtig. Zum Glück werden wir daran teilnehmen und etwas von diesem Spaß erleben. Ich habe uns bereits angemeldet.«

»Ich hatte es befürchtet.« Jonas ließ die Schultern hängen. »Nur eine Frage: *Why?*«

»Recherche. Wir werden uns unter die Experten mischen und uns mal umhören. Mal schauen, ob sich die Meinung der schwäbischen Spezialisten mit den Aussagen im Internet deckt.«

»Was hast du noch gefunden?«

Ich öffnete eine neue Internetseite und zeigte Jonas eines dieser Foren. »In einem davon bin ich auf eine Diskussion über Kleinwächter gestoßen. Es ist sehr plastisch dargestellt, was man von ihm hält. Ein launischer, unfähiger Strolch, wenn man den Beschreibungen glauben kann.«

»Vielleicht hat er seinen Abschluss beim Bingo gewonnen«, lachte Jonas. »Oder Strip-Poker.«

»Das passiert vermutlich öfter, als wir glauben. Auf jeden Fall ist der Fall komplexer, als wir angenommen haben.«

»Mein Kopf raucht«, nölte ich und massierte mir die Schläfen. Luis und ich saßen gefühlt schon eine Ewigkeit im Büro und hirnten über mögliche Konzepte für eine Klassenführung einer 4. Klasse. Normalerweise plante ich unsere Führungen immer mit Annika, da sie der kreative Kopf von uns beiden war. Aber die befand sich im Urlaub und besuchte einen längeren Kerzenworkshop in einem Kloster in Maulbronn. Und unsere geschätzte Kollegin Ulrike hatte mir erklärt, dass sie mit ihrem Hund zum Hundetherapeuten müsse und keine Zeit habe.

Ich warf einen Blick auf unsere Pinnwand, an der selbst gemalte Bilder von Familie Nikolaus hingen. Bärbel und ihre Familie gehörten zu unseren Stammkunden und waren mir sehr ans Herz gewachsen. Und der Grund, warum ich mit dem Ermitteln begonnen hatte. Ich fragte mich gerade, was Bärbels Kindern so gefallen könnte, und versuchte, damit eine Brücke zu unserem aktuellen Brainstorming zu schlagen.

»Lass uns einfach mal ganz verrückt denken, ohne Rahmen, Regeln und sonstigen Schnickschnack. Einfach drauflos. Klassenführung in Gedichtform.« Luis grinste, und ich verstand, worauf er hinauswollte. Frische und neue Ideen.

»Klassenführung nur mit Gesang und die Kinder dürfen nur singend antworten.«

Luis kräuselte die Lippen. »*Nice.* Was hältst du von diesem neuen programmierbaren Roboter OLGA? Und auf jeden Fall sollten wir die iPads einbinden.«

»Und Hund, Katze, Maus wäre auch super.« Wir sahen uns an und mussten beide kichern.

»Na, wenn das nicht motiviertes Arbeiten ist, weiß ich auch nicht.« Die Bürotür hatte sich geöffnet, und Nothdurft-Schlüpfer stand mitten in unserem Büro. »Sie sind hoffentlich nicht böse auf mich, weil ich mir von Frau Bäuerle den Ersatzschlüssel für dieses Gebäude habe geben lassen. Ich wollte mich einmal in Ruhe umschauen. Aber umso besser, dass ich Sie hier antreffe, ich habe da ein paar Ideen für diese Bildungseinrichtung. Könnten Sie mich bitte mit Frau Fuchs allein lassen?«

Sie klimperte mit ihren Wimpern in Luis' Richtung. Kaum hatte er den Raum verlassen, zog sich der Schlüpfer einen Stuhl an meine Seite, nahm Platz und schlug schwungvoll die Beine übereinander.

Ich sah unsere neue Bürgermeisterin verwirrt an und überlegte angestrengt, was sie hier wollte, bis es »pling« in meinem Kopf machte. Bäuerle hatte vor einer Stunde angerufen und den Besuch von Nothdurft-Schlüpfer angekündigt. Den Anruf hatte ich vollkommen vergessen.

»Ich will nicht lange um den heißen Brei herumreden, Sie wissen ja, Zeit ist Geld, und wir haben beides nicht. Wie Sie der Mail von Frau Bäuerle entnehmen konnten, bin ich die neue Bürgermeisterin. Natürlich nur interimsweise, bis diese lästige Sache mit Frau Behringer geklärt ist.«

»Ja, das –«

»Man sollte immer das Beste aus einer schlechten Situation machen. Finden Sie nicht auch? Jedenfalls möchte ich meine begrenzte Zeit sinnvoll nutzen. Das Thema Integration ist mein Herzensprojekt. Und jetzt kommen Sie ins Spiel.«

»Tue ich das?«

»Sie wissen sicherlich, dass ich mich neben meiner Tätigkeit in der Schule für Sprachförderung einsetze, in Flüchtlingsheimen unterrichte und nun einen Lesezirkel ins Leben zu rufen versuche. Und dafür braucht es Sie und Ihre Einrichtung. Ich möchte, dass Sie eine Leseecke für geflüchtete Familien einrichten. Start des Lesezirkels soll nächste Woche sein. Am besten nicht zu schwere Kost, und gut wäre Flüchtlingslektüre. In einfacher Sprache. Na, Sie wissen schon, was ich meine.«

Ich wollte gerade dazu ansetzen, ihr zu erklären, dass sich ihre Idee nicht einfach so über Nacht umsetzen ließ, kam jedoch nicht dazu. »Also –«

»Wunderbar, ich wusste doch, dass ich Sie dafür begeistern kann. Das wird opti-mopti.«

Kam es mir nur so vor, oder hatte die Gute zu viel Motivation für diesen Job? Diese Idee konnte sie ja nicht über Nacht entwickelt haben. Meine Spürnase meldete sich. Es war nicht zu weit hergeholt, daraus ein Motiv zu spinnen. Es waren schon Menschen für weniger ermordet worden. Und angeschwärzt, dachte ich, und musste an die Bürgermeisterin denken, die mich um Hilfe gebeten hatte.

Wer 's Weddr scheud, kommd nedd weid

Am Mittwochnachmittag hatte die Bücherei geschlossen, und ich war froh darüber, dass wir das neu eingeführt hatten. Wir hatten endlich Zeit für interne Arbeiten oder dazu, Überstunden abzubauen oder Teambesprechungen abzuhalten. Wie im Moment.

»Frau Deckert, wie lief der Besuch beim Hundepsychologen, konnte man Ihrem Tier helfen?« Luis lächelte unsere Kollegin an.

Ulrike kräuselte die Lippen. »Nicht dass Sie das etwas anginge, aber mit Heinz-Rüdiger ist alles in bester Ordnung. Der Therapeut vermutet bei ihm ein geringes Selbstbewusstsein und geht davon aus, dass Heinz-Rüdiger ständig dominiert wird. Ich werde wohl mal ein ernstes Wörtchen mit den Hundebesitzern in der Nachbarschaft reden müssen.«

»Sind Sie sicher –«, begann Luis, und ich gab ihm einen kleinen Tritt unter dem Tisch. Luis war ein Gottesgeschenk. Man musste ihn als solches beschützen.

Es waren sicherlich nicht die anderen Hundebesitzer, die den armen Heinz-Rüdiger so dominierten, aber auf eine weitere Diskussion hatte ich keine Lust. Ich wollte mit meinen Themen vorankommen. »Frau Nothdurft-Schlüpfer wünscht sich einen Sonderstandort für Geflüchtete. Belletristik, Sachliteratur und so weiter. Ideen? Möchte jemand seinen Hut in den Ring werfen und das Projekt leiten?«

Ulrike riss entsetzt ihre Augen auf. »Das ist doch nicht Ihr Ernst, was sollen wir denn damit? Wir haben doch schon genug Klimbim hier drin. Und jetzt sollen wir uns darum auch noch kümmern?«

»Das finde ich eine tolle Idee und eine super Möglichkeit, unsere neuen Mitbürger hier zu integrieren. Wir können so viele tolle Aktionen machen!« Luis wirkte weder heuchlerisch noch sarkastisch. Wie schon gesagt: Gottesgeschenk. Jetzt musste nur noch Jonas das erkennen.

»Wunderbar, du hast den Job«, sagte ich zu meinem neuen Kollegen, der zum Glück noch hoch motiviert war. »Dann sollten wir –«

»Brrr, was für a Kälde. So, Mädels, dann kommd mal nei in die guade Stub. Bettina, ed so trödla.« Tante Marlies führte die Damen ihres Strickvereins zu uns herein und manövrierte ihre Truppe direkt zu unserer Sitzgruppe.

»Mist, ich habe vergessen, die Tür abzuschließen«, piepste Luis.

»Das kostet dich eine Tafel Schokolade«, erwiderte ich und ging zu Tante Marlies. »Tantchen, was wollt ihr denn hier?«

Tante Marlies hob den Korb mit ihren Stricksachen hoch, als wäre es die Antwort auf alle meine Fragen.

»Die Bücherei ist heute geschlossen«, versuchte ich deutlicher zu formulieren. »Auch für Familienangehörige.«

Marlies winkte meinen letzten Zusatz weg. »Wunderbar, dann wäred mr scho ed gschdörd von irgendwelche Leit.« Sie legte ihren Schal und Mantel ab. Ich seufzte und kapitulierte. Diese Frau war so stur wie zehn Maulesel.

Jutta, ein Mitglied von den »Nadl hoch«, servierte Kaffee und Guadsle, und mir kam es so vor, als wäre diese militärische Übernahme der Büchereiräume von langer Hand geplant gewesen. Das musste man Tante Marlies wirklich lassen.

Ich beendete die heutige Sitzung. Unter diesen Bedingungen konnten wir nicht richtig arbeiten, weshalb ich die beiden in den Feierabend schickte. Ich tat das, was jeder gute Goldthäler getan hätte, ich setzte mich zu den Strickdamen und lauschte ihren Klatsch- und Tratschgeschichten. Von Gudruns Schwiegertochter, die nur faul auf der Couch lag und ihrem Mann den Haushalt aufgedrückt hatte, ihrer pubertierenden Tochter und von Monikas immer enger werdenden Kleidern, was sie sich nicht wirklich erklären konnte. Und während sie davon sprach, schob sie sich zwei Kekse in den Mund. Es war mir wirklich ein Rätsel bei solch einer ausgewogenen und gesunden Ernährung.

Adelheid stöhnte auf und legte ihr Strickzeug zur Seite. »Können wir jetzt mal über die wichtigen Dinge sprechen? Was ist mit diesen gestohlenen Gemälden, und warum kommt die Polizei hier nicht zu Potte. Und der Mord!«

»Aber –«, setzte Monika an.

Kein Aber, Monika, jetzt wurde es interessant. Ich lehnte mich vor.

Adelheid warf ihr einen scharfen Blick zu. »Hör auf, dir so viel unnötiges Zeug in den Mund zu schieben, und dann wird das schon wieder. Also, gibt es was Neues im Fall der Gemälde?«

Susanne hob die Hand wie in der Schule. »Angeblich soll der Dieb aus Karlsruhe kommen.« Woher wusste Susanne das?

Doris kratzte sich am Kopf. »I han ghört, dass es sich um a ganze Gang handla soll!«

»Wo soll des nur naführa?« Monika ignorierte den wohlgemeinten Rat und schob sich weitere Kekse in den Mund.

»Mädels, jetzt bleibd ganz ruhig. Des wird scho wieder, und jetzt lassd die Nodl qualmen und legd ’nen Zahn zu.« Tante Marlies hob ihr aktuelles Strickprojekt in die Luft.

Adelheid schien sehr unzufrieden mit dem Wissensstand ihrer Mitstreiterinnen zu sein. Sie fokussierte nun Marlies und mich. »Was ist denn mit eurem Tom, warum erzielt er hier keine besseren Ergebnisse?«

War das ihr Ernst? »*Mein* Mann arbeitet mit Hochdruck an den Ermittlungen und tut alles in seiner Macht Stehende, um Goldthal wieder zu einem sicheren Ort zu machen. Was genau tut Ihre Familie für die Sicherheit unserer Gemeinde?«

Soweit ich wusste, war ihr Lothar Buchhalter, und ihr Sohn wog Fleisch in der Metzgerei ab.

Adelheid verzog die Lippen zu einem schmalen Strich. »Mit Hochdruck isch doch nur a andere Bezeichnung dafür, dass unsere Polizei immer no im Dunkla fischt. Warum kriega mr hier keine regelmäßigen Updates?«

Sonja, ein weiterer Quälgeist dieser Runde, gab nun ebenfalls ihren Senf dazu.

Ich überlegte, ob ich ihr erklären sollte, warum sie und die anderen Klatschweiber ganz unten in der Informationskette standen, entschied mich jedoch dazu, es zu lassen. Solch einer Person konnte man nicht mit Logik kommen.

Marlies streckte den Rücken durch. »Die Polizei isch an dr Lösung dr Diebstähle dran. Und mei Bub isch oiner von de beschde Ermittler überhaupt.« Eine Mutter hätte nicht stolzer sein können.

»Außer seine Frau funkt ihm wieder dazwischen«, ätzte Adelheid und erntete Gelächter von den anderen Frauen. Ich versuchte, das Gerede von Adelheid zu ignorieren, ich hatte mit der Zeit gelernt, dass sie gerne provozierte.

»Euch noch viel Spaß«, sagte ich und erhob mich. »Ich muss dann mal wieder was tun.«

Tante Marlies hatte sich ihrer Freundin gewidmet. »Statt sich über die Arbeitsleistung anderer Leit zu ergötza, solldesch vielleicht selbsch erscht mal was schaffa.« Wums, und damit war Ruhe im Karton.

»Mädels, i bin glei wieder da.« Tante Marlies kam mir in ihrem flotten Entengang hinterher und passte mich bei der Kaffeemaschine, die wir im Kundenbereich eingerichtet hatten, ab. Sie nahm eine der kleinen Tassen und ließ sich einen Kaffee raus. »Dui Adelheid isch omäglich. Schdändig bohrt se noch, wie ka ma nur so neigierig sei?« Sie schüttelte den Kopf und schien wirklich über das Verhalten ihrer ältesten Freundin entsetzt zu sein.

Ich konnte mich sehr gut daran erinnern, wie auch Marlies mich vor ein paar Tagen abgefangen hatte, um an Informationen zu kommen. »Warst du es nicht selbst, die vor Kurzem noch wie ein Ghostbuster auf der Lauer gelegen hatte, um etwas Neues in Erfahrung bringen zu können?«

Es war einer dieser Tage gewesen, an denen ich genügend Muße und Zeit gefunden hatte, die Möbel abzustauben und das Bad zu putzen. Wie ich es hasste. Die Haushaltsführung gehörte nicht unbedingt zu meinen Talenten. Wobei ich ein Talent beim Befüllen der Waschmaschine aufwies.

Das Tantchen hatte sich wie eine Raubkatze an mich angeschlichen, sich bei mir erkundigt, wie es in der Bücherei laufe und ob ich etwas von meiner Mutter gehört habe. Diese wiederum befand sich zurzeit in Wien im Theater und spielte die Hauptrolle in Hans-August Holzgeists Stück »Die Königin und der Soldat«. Da blieb keine Zeit, um sich bei einer ihrer Töchter zu melden. Was mir recht war.

Und als Tante Marlies mir keine guten Ratschläge zum Gebrauch meines Staubwedels oder Putzlappens gab, wusste ich, dass etwas faul war im Staate Dänemark.

Als ich schließlich nachgebohrt hatte, was los sei, war sie mit der Sprache rausgerückt.

Das Tantchen war, wie jede Woche, beim Friseur gewesen und hatte sich ihre Locken richten lassen. Während ihr die Lockenwickler eingedreht worden waren, hatten die anderen Kundinnen sie mit Fragen zu Tom und seinen Ermittlungen gelöchert. Und Tante Marlies hatte nichts erzählen können.

Sie wies mich darauf hin, dass es alles andere als nett von uns sei, sie hier im Dunkeln tappen zu lassen. Oder sie in das Haifischbecken, auch als Goldthal bekannt, hinausgehen zu lassen. Außerdem sei sie es nicht gewohnt, nicht zu wissen, was in ihren eigenen Wänden vor sich ging. So etwas habe es hier noch nie gegeben.

Tante Marlies hatte mir wirklich leidgetan, aber ich konnte

ihr selbst nichts berichten. Tom war kaum noch zu Hause und lebte quasi im Büro. Und ich hatte nun eine neue Chefin mit ihren Sonderwünschen an der Backe, was schon ein Mammutprojekt zu werden schien. Unzufrieden mit meinen Spionagefähigkeiten war sie wieder abgezogen.

Tante Marlies blähte die Nasenflügel auf und nippte an ihrem Kaffee. »I woiß wirklich ed, von was de da sprisch!«

No jedr isch gschdorba, no wird's di au nedd ombringa!

»Er wird nicht da sein, also jetzt komm schon her.«

Jonas trödelte herum. Das kostete uns wertvolle Zeit.

»Beim Frühstück heute Morgen meinte Tom, dass er mit Saskia nach Ulm fahren würde, um noch einmal die Wohnung von Kleinwächter und sein Büro im Gotthard Institut zu untersuchen. Wir haben nur dieses kleine Zeitfenster, also bitte nicht trödeln. Wit, wit.«

»Ja, ja, ist ja schon gut. Was hoffst du zu finden? Beim letzten Mal war da nichts.«

»Das weiß ich erst, wenn ich es sehe. Auf Spuren brauchen wir nicht wirklich zu hoffen, die Spusi wird hier ordentlich sauber gemacht und alles auf den Kopf gestellt haben. Wir suchen das Offensichtliche.« Mein Begleiter sah mich an, als hätte ich den letzten Funken meines Verstandes verloren. »Ich erkläre es. Die Spusi und die Polizei suchen immer nach dem Gleichen. Beweisstücke, alles, was mit dem Mord zu tun haben könnte. Und dann hören sie auf. Wie oft hat man in Krimis schon gelesen, dass ein wichtiges Detail am Tatort übersehen wird, mit dem man den Mord schneller hätte aufklären können.«

»Und du glaubst ernsthaft, dieses Detail zu finden?«

»Natürlich. Am besten teilen wir uns auf. Du suchst links und ich rechts, und in der Mitte treffen wir uns wieder.«

Jedes Mal wenn ich hier rumgeisterte, fragte ich mich, was sich Behringer dabei dachte, hier ein Kurzentrum errichten zu wollen. Es war der alte Schlossgarten von Goldthal und viel zu klein für solch ein Bauprojekt. Und die Gegend war nicht besonders schön anzusehen. Allein die Götter wussten, was sich unsere Bürgermeisterin dabei dachte.

Mit meinem geübten Auge begann ich, meine Richtung nach Hinweisen jeglicher Art abzusuchen, konnte jedoch nichts Ungewöhnliches feststellen. Alles sah aus wie zu erwarten. Die Zelte, die Heizstrahler, die Beschilderung. Ich verstand nicht, wie man eine Ausgrabung im Winter durchführen konnte, aber es gab ja immer diese Spezialisten, die sich Dinge in den Kopf setzten, egal, ob sie umsetzbar waren oder nicht. Ich konnte mir jedoch gut vorstellen, dass die Ausgrabungen tief unter der Erde stattfanden, in diesem ehemaligen alemannischen Steinhaus. In den Ruinen, in denen man die Leiche von Kleinwächter gefunden hatte.

Ich lief wie eine Tigerin auf und ab, hatte alles abgesucht, um am Ende feststellen zu müssen, dass die Spusi ordentliche Arbeit geleistet hatte. Spuren hin oder her, das Karussell in meinem Kopf wollte einfach nicht aufhören, sich zu drehen. Mir war schleierhaft, wie die Polizei Behringer für diesen Mord verantwortlich machen konnte. Gut, man hatte ihren Lippenstift gefunden, und einen Tag vor seinem Ableben hatten beide einen Streit, in dem sie ihm gedroht hatte. War Behringer die Reinkarnation einer Kriegsgöttin? Ja, zu unser aller Leidwesen. Alles sprach gegen sie, und dennoch fühlte es sich nicht richtig an, dass sie die Mörderin sein sollte. Ich konnte nur hoffen, bald den entscheidenden Hinweis zu finden, um diesen Fall lösen zu können. Oder ich müsste darauf hoffen, dass sie einen guten Anwalt hatte. Einen sehr guten sogar.

»Die üblichen Verdächtigen wieder. Das macht dann fünfunddreißig Euro.«

Holy moly. Ich schaute auf und sah mich mit einer Person konfrontiert, die mir gerade noch gefehlt hatte. Der Dorfbiddl persönlich stand vor mir, einen Arm in die Seite gestemmt, und in der anderen Hand hielt er einen Döner de luxe.

»Das ist ein Scherz. Für was verlangen Sie Geld?« Ich brauchte eine bessere Verhandlungsbasis und erhob mich aus der Hocke.

Bruno Mang, auch als Dorfbiddl bekannt, war Angestellter in der Abteilung Öffentlichkeitsarbeit und selbst ernannter Dorfpolizist. Mang lief nach seinem Feierabend und an den Wochenenden durch den Ort, verteilte munter Strafzettel und brachte der Stadt damit ordentlich Geld ein. Ich hatte das Gerede über einen selbst ernannten Dorfpolizisten für einen Scherz gehalten. Aber als ich dann von Mang mit Strafzetteln beschenkt worden war, die auch noch gültig waren, war mir das Lachen gründlich vergangen.

Der Dorfbiddl biss von seinem Döner ab, schmatzte laut und musterte mich aus seinen Glupschaugen. Ich widerstand dem Drang, ihn auf die Gefahr hinzuweisen, die von der Knoblauchsoße in seinem Essen ausging. Erstens der Geruch. Zweitens Tatortkomprimierung. Ein Wort, das er allem Anschein nach nicht kannte.

Er war anderthalb Köpfe kleiner als ich, so breit wie hoch, hatte einen Schnauzer (an dem nun reichlich Knoblauchsoße klebte), trug immer eine Weste und stets den Gürtel mit seinem MDE-Gerät, aus dem schon der Strafzettel ausgedruckt wurde.

»Unbefugtes Betreten und Behinderung von Ermittlungen. Das macht fünfunddreißig Euro pro Person.«

»Ich habe mich wohl verhört! Wir unternehmen hier einen kleinen Spaziergang.« Ich deutete auf Jonas, der ganz versunken einen Baum in der Nähe untersuchte.

»Tzz, tzz.« Der Dorfbiddl schüttelte den Kopf. »Typisch Frauen, die tun einfach nie, was man ihnen sagt.« Er zog sich mit einer Hand den Gürtel zurecht und schnaufte von der Anstrengung. Vermutlich sollte das den Eindruck eines strengen Sheriffs erwecken, was jedoch seine Wirkung vollkommen verfehlte.

»Der Tom hatte also doch recht.« Dieser ekelhafte Chauvinist stand hier breitbeinig vor mir, stopfte sich seinen Döner genüsslich rein und glaubte, mir seine frauenfeindlichen Sprüche servieren zu können.

»Wie reden Sie eigentlich mit mir? Was genau soll mein Mann gesagt haben?«, fragte ich entrüstet.

»Na, dass Sie hier rumschnüffeln würden, sobald er die Stadt verlässt. Und zum Schutz wurde ich hier positioniert. Ich war davon überzeugt, dass Sie nicht kommen würden. Und kaum bin ich mal fünf Minuten weg, stecken Sie schon Ihre Nase wieder in irgendwelche Dinge, die Sie nichts angehen. Und fürs Protokoll, ich rede, wie es mir gefällt. Und jetzt holen Sie Ihren Schatten, und dann weg hier. Zutritt nur für Befugte.« Er strich sich mit einem Daumen über seine Weste. »Und überweisen Sie das Bußgeld innerhalb der nächsten vierzehn Tage.«

Er drückte mir den Strafzettel in die Hand, den ich perplex entgegennahm. Dieser unverschämte Troll. Aber ich erinnerte mich daran, dass meine Wut bei ihm deplatziert war. Tom. Der diesen Neandertaler als Hindernis hier abgestellt hatte.

Es fühlte sich so an, als wäre eine Granate in mir explodiert. Ich streckte meinen Rücken durch und erweckte meine innere Königin von Saba zum Leben. Ich zerriss den Strafzettel vor seiner Nase in Hunderte kleine Fetzen. »Ihre blöden Strafzettel können Sie schön selbst zahlen. Und fürs Protokoll: Ihren frauenfeindlichen Scheiß können Sie für sich behalten, interessiert hier niemanden. Schönen Tag noch.«

Ohne ihn noch eines weiteren Blickes zu würdigen, stolzierte ich an ihm vorbei und sammelte meinen »Schatten« ein. Wir brauchten dringend eine neue Strategie. Einen Plan oder wenigstens eine Idee. Und mindestens ein großes Stück Kuchen.

Mr ko koin Furz uff a Breddle nagla

»Ich melde mich, sobald ich etwas in Erfahrung bringen konnte. Versprochen.« Ich verabschiedete mich am Telefon von Jonas.

Nach unserem Besuch an der Ausgrabungsstätte und unserem charmanten Besucher, dem Dorfbiddl, hatte ich Jonas zurück zu seinem Laden gefahren. Sosehr mir der Dorfbiddl auf die Nerven gegangen war, sein Auftauchen hatte mir eines deutlich gemacht: Die Polizei von Goldthal würde mich nie »legal« an der Aufklärung von Kleinwächters Tod ermitteln lassen. Ich musste meine Taktik ändern und die Ermittlungen von einer anderen Seite anbohren. Am Anfang. Und dafür gab es nur eine Person, die in alles Einblick hatte.

Ich öffnete die Tür des Rathauses und war verblüfft. Seit meinem letzten Besuch hatte sich hier einiges verändert. Die ganze Empfangshalle hatte sich in eine Weihnachtshochburg verwandelt. Girlanden, Tannenbäume, Weihnachtssterne und der ganze Schnickschnack. Die Bürotür vom Bürgerservice wurde geöffnet, und eine Traube von Mitarbeitern, die singend und torkelnd die Polonaise tanzten, kamen mir entgegen. Ich hatte nicht die leiseste Ahnung, was hier vorging. Wollte ich es wirklich wissen? Bevor ich noch ein Teil der Polonaise wurde, machte ich mich lieber schnell auf den Weg und flitzte die Treppen nach oben. Oben angekommen, ging ich mit großen Schritten auf die Tür der Bürgermeisterin zu.

Rasch schloss ich die Tür hinter mir. Ich hatte eine Heidenangst vor betrunkenen Menschen in Weihnachtsstimmung. Alle waren im Kuschelmodus, rührselig und in Plauderstimmung und rückten einem so auf die Pelle. Nicht gut für Ermittlungen und noch weniger gut für eine nüchterne Person.

»Frau Fuchs, Sie au hier? Kommed Se nur rei!« Bäuerle begrüßte mich überschwänglich und verschüttete beinahe den Inhalt ihrer Tasse. Ich tippte auf Glühwein.

»Connie, schön, Sie zu sehen, genau zu Ihnen wollte ich.«

»Oh, wie schee.« Sie setzte ein breites Lächeln auf und nahm einen großen Schluck aus ihrer Tasse.

Ich konnte nicht anders und setzte ebenfalls ein Lächeln auf. Bäuerle sah einfach nur furchtbar aus. Sie hatte sich ein Partyhütchen auf den Kopf gesetzt, trug Christbaumkugeln statt Ohrringe und dazu einen der hässlichsten Weihnachtspullis, die ich je gesehen hatte. Vielleicht fand hier einer dieser neuen Trends, eine dieser Ugly-Christmas-Sweater-Partys statt? Meine Einladung musste wohl bei der Post verloren gegangen sein. Zum Glück.

»Was ist hier los?«, fragte ich interessiert und nahm auf dem Stuhl vor ihrem Schreibtisch Platz. »Gibt es etwas zu feiern?«

»Unser neie Chefin fand, es kennt weihnachtlicher sei, und kam mit ihrer Dekokiste um die Eck, und jetzt wird gefeiert. Und was kann i für Sie tun, Schätzle?«

Nothdurft-Schlüpfer schien ja eine kleine Partymaus zu sein, hätte ich der gar nicht zugetraut. Unsere Eisprinzessin Behringer würde es nicht leicht haben nach ihrer Rückkehr. Falls sie zurückkehrte. Woran ich mitverantwortlich sein könnte.

»Ich benötige Ihre Hilfe. Sie müssen mir alles über Behringer verraten, was mir für meine Ermittlungen von Nutzen sein könnte. Die Polizei ist, milde gesagt, nicht sonderlich kooperativ.«

Bäuerle gab ein keckerndes Geräusch von sich und erinnerte mich stark an meine Katze Miss Marple, wenn sie versuchte, Vögel anzulocken.

»Mei Hilf wird bei de Ermittlunga braucht, einer Mordermittlung gebraucht, wer hätte das gedacht. Wenn i des meinem Peter erzähl, des glaubt der mir nie! Was wollet Se wissa, i kann Ihnen so a bar Gschichtla erzähla. Zum Beispiel vom Richtfest vom neia Kindergarta vor drei Johr. I kann Ihnen saga, des wird hier koiner so schnell vergessa.«

»Das hört sich wirklich verlockend an.« Ich musste zugeben, das Teufelchen in mir rieb sich die Hände und wollte unbedingt noch mehr schmutzige Geschichten über Behringer hören. Aber ich musste fokussiert bleiben. »Gerne zu einem anderen Zeitpunkt. Fürs Erste wäre es hilfreich, zu wissen, wie die Beziehung zwischen Behringer und Kleinwächter war? Warum hatten die beiden Streit im Treppenhaus? Hat sich Behringer einige Tage vor dem Mord seltsam verhalten? Was hat sie am Tag des Mordes getan?«

»Ach, Kindle, des sind ja viele Frag. Jetzt muss i erscht amol überlega.« Sie setzte ihre Tasse an und leerte den Rest in einem Schluck. »Au?« Bäuerle deutete mit ihrem Finger auf die leere Tasse.

Ich verneinte. Sie goss sich aus einer Thermoskanne etwas nach und rieb ihre Finger an dem wärmenden Porzellan. »Behringer konnt den Kleinwächter oifach ed leiden, sie had ihn ghasst. Hielt ihn für en schleimigen Nichtsnutz und had sich gfragt, warum er hier war, schien er in ihre Auga koi Ahnung zu han. Mein Gott, wie oft hend die zwoi sich im Büro angschriea.« Sie schüttelte den Kopf und gönnte sich einen Schluck.

»Aber warum, was war der Auslöser für diese Unstimmigkeiten?«

»Kleinwächter wolld immer mehr Land für seine Ausgrabunga han und had sich wichtiger gmacht, als er war. Und Behringer had ja andre Pläne für dr Bauplatz ghed. Dui wollt sich mit ’m Kurzentrum a Denkmal setza, und dr Kleinwächter isch ihr mit seine Ausgrabungsplän immer wieder dazwischagfunkt.«

»Verstehe.« Und das tat ich wirklich. Behringer war ehrgeizig. Sie hatte wohl noch nichts davon gehört, dass man auch mit einem Museum für archäologische Funde Touristen anlocken konnte.

»Und wie hat sich Behringer vor dem Mord und an dem Tag selbst verhalten?«

Bäuerle zuckte die Schultern. »Wie immer, würd i saga. Sie war gestresst und hetzte wieder von oim Termin zum nächsta. Und i woiß ed, warum, abr jedes Johr im Dezember macht dui Frau ihr Saftkur, isst dagelang nichts und isch oifach nur unausstehlich. Oin kloiner Fehler und sie wird zu 'nem Tornado.« Bäuerle rollte mit den Augen.

»Aber sie ist doch schon so schlank wie ein Victoria's-Secret-Model. Warum diese Folter?«

»Fraged Se mi lieber was Leichteres. Die studierte Leit sind alle ed ganz bacha. Vanillekipferl?«

Geistesabwesend griff ich nach einer der angebotenen Leckereien und begann in Gedanken die Informationen zu gliedern und zu filtern. Ich glaubte kaum, mit einer Saftkur als Motiv vor Gericht durchzukommen. Und über die mentale Verfassung von Studierten durfte ausgerechnet ich mir auch kein Urteil anmaßen.

»Mann, habe ich einen Hunger.« Ich zog meine Jacke aus und ließ mich auf den Küchenstuhl von Tante Marlies sinken.

Das Ermitteln machte mich hungrig, und Tante Marlies hatte angekündigt, ein neues Gericht ausprobieren zu wollen. Ich wusste zwar nicht, was es geben würde, aber mir lief schon das Wasser im Mund zusammen. Tante Marlies war eine wahre Meisterin in der Küche und nahm auf mein »komisches« Essverhalten, wie sie mein vegetarisches Leben nannte, mittlerweile Rücksicht.

»Dann sott mr mal anfanga, zu kocha.« Tante Marlies stand in ihrer Blümchenschürze vor mir und schob einige Zutaten vor sich hin und her. Sie konnte sehr beharrlich sein und hatte es sich in den Kopf gesetzt, mir das Kochen beizubringen. Nun das war so eine Sache … ich liebte Essen, jedoch stand ich mit dem Kochen etwas auf dem Kriegspfad. Aber Marlies wollte davon nichts wissen.

»So, heit kocha mr an Gmüs-Schbäddzle-Auflauf und mached a bar glasierte Karotta dazu. Ganz oifach.«

Spätzle und einfach? Die Herstellung von Spätzle war die hohe Kunst bei den Schwaben, entweder man konnte es oder nicht. Und es war für jeden Schwaben besser, diese Kunst zu beherrschen. Das konnte ja nur schiefgehen.

»Jetzt dusch Mehl, Salz, Oier und Wasser zamma und rührsch gud durch!«

»Und wie viel von jedem?«

»Ha, nach Gefühl ebba«, kam die Antwort von einer Frau, die ihr Leben lang gekocht hatte und sicherlich noch nie nach Rezept etwas zubereitet hatte.

Wenn ich nach meinem Gefühl kochen würde, hätte ich schon längst einen der vielen Lieferanten angerufen und was zum Essen bestellt. Ganz einfach und ohne Stress. Tante Marlies schien Mitleid mit mir zu haben.

»Schau mr jetzt genau zu, beim nächsta Mal musch's könna. Versprocha?«

Ich konnte gar nicht so schnell schauen, wie Tante Marlies die ganzen Zutaten in eine Schüssel warf und mit einem Holzlöffel begann, den entstehenden Teig windelweich zu schlagen. War das etwa ihr Ernst? Für was hatte Gott die Rührmaschine erschaffen? Und sie hatte tatsächlich nichts abgemessen und einfach so zusammengerührt.

»Siehsch, dr Doig muss Blasa schlaga und atma. Immer schee kräftig schlaga und rühra.« Tante Marlies schnaufte, und Schweißperlen traten auf ihre Stirn.

Während das Tantchen mit dem Teig beschäftigt war, wollte ich die Gunst der Stunde nutzen und sie aushorchen.

Marlies war eine der bestinformierten Frauen von ganz Goldthal und hatte sicherlich etwas Neues für mich.

»Wie war es heute Morgen auf dem Markt?«

»Da war heit was los, i kann dir saga. Erika von de Oier kennt da ebbr, der ebbr kennt, der auf dem Polizeirevier putzt. Und woisch, was Erika erzählt had?«

Ich neigte den Kopf zur Seite. Gedanken lesen konnte ich leider noch nicht.

»Heidenheim und Aalen sind au scho Bildla verschwunda und als Fälschunga auftaucht. Die Saubande kommt Goldthal immer näher. Sandra, die aufem Revier putzt, will ghört han, wie Tom mit seim Team plant, die Bildla von Goldthal mit Ortungssendern und Kameras auszurüsta, um des Versteck der Diebe zu finda. Des isch doch a super Sach!«

»Bist du dir sicher, dass diese Sandra alles richtig verstanden hat? Das klingt nach einem großen Aufwand, wenn du mich fragst. Und von den Kosten will ich erst gar nicht anfangen ...«

Marlies verzog die Lippen und schien unzufrieden damit zu sein, dass ich Zweifel an ihren Quellen hatte. Aber sollte das stimmen, wäre das wirklich eine große Nummer.

»Na ja, irgendwas wird scho dran sei.«

»Hallo, hallo.« Tom steckte seinen Kopf zur Küchentür rein. »Na, das sieht ja richtig nach Arbeit aus bei euch beiden.« Er grinste über beide Ohren.

Ich funkelte meinen Mann böse an. »Wir unterhalten uns später noch, Herr Fuchs.«

Tom atmete schwer. »Das hatte ich befürchtet.«

Bevor ich noch etwas erwidern konnte, gab die Türklingel von Tante Marlies einen schrillen Laut von sich.

»Dora, Schätzle, gang bitte mal gschwind guga.« Marlies hob ihre Hände, die voller Teig waren, um zu demonstrieren, dass sie hier nicht wegkonnte.

»Klar.«

Ich verließ die Küche und konnte noch hören, wie Marlies mit Tom zu schimpfen begann und ihn fragte, was er schon wieder angestellt hatte. Gut so, dachte ich mir nur und öffnete die Tür. Das Tantchen war auf meiner Seite. Ich konnte den breiten Rücken von einem Mann erkennen, den er mir zugedreht hatte.

»Ja bitte?«

Mein Gegenüber hatte die Güte und drehte sich zu mir um. Er schien überrascht zu sein, mich zu sehen. Er musste das Alter von Marlies haben und trug diese typische schwäbische Tracht, wie man sie aus dem Fernsehen kannte. Mit seinem kleinen Bäuchlein und dem Schnauzer erinnerte er mich an eine der Robben aus dieser einen Doku, die ich neulich angeschaut hatte. Ich musste mich zusammenreißen, um nicht laut zu lachen.

Er zückte seinen Hut vor mir und verbeugte sich tief. »Grüß Gott.«

»Werde ich, wenn ich ihm begegne«, war wohl nicht die Antwort, die er von mir erwartet hatte.

Der Mann lachte und schüttelte amüsiert den Kopf. »Herrlich! I bin davon ausganga, dass de Marlies Eisele hier wohnt, na, da bin i wohl falsch.«

Was für ein dramatischer Auftritt. »Ehm, einen Moment bitte, Tante Marlies, Besuch für dich.«

»Wer störed, es isch Essenszeid!«

Ich sah den Besucher fragend an. »Otto hier!«, rief der Besucher ins Haus und setzte sich den Hut wieder auf.

Ein kurzes Quieken kam aus der Küche, und schon konnte ich eine aufgeregte Tante an mir vorbeischießen sehen, die Otto stürmisch umarmte. Tom war neben mir erschienen und hatte die Arme wie ein Bodyguard vor der Brust verschränkt.

»Wer ist denn das?«, raunte er mir zu, was doch lauter war als beabsichtigt. Marlies errötete und kicherte wie ein kleines Mädchen.

»Marlies, mei teuerschde Mohnblum, du hasch di koi bissle verändert!«

Das Tantchen kicherte. »Ach Oddo, du woisch doch, Unkraut vergod ed, jetzt komm erscht mal rei.«

Oins, zwoi, drei, vier, Eggstein, älles muass vrschdeggt sei

»Und wer genau waren Sie noch mal?«, erkundigte Tom sich bei unserem Besucher, in dessen Armen eine glückselige Marlies lag und aus dem Kichern und dem Wimpernklimpern nicht mehr herauskam. Auweia, auweia, das konnte ja heiter werden.

»Wo sind nur meine Manieren blieba. Kinder, darf i eich dr Oddo Rosner vorstella? Oddo gehört zu meinen Saandkastafreind und war mei erschde große Liebe.«

»Er war was?«, fragten Tom und ich synchron nach. Nicht, dass wir es akustisch nicht verstanden hätten, es war eher die Tatsache, dass Marlies vor Onkel Friedrich ein anderes Leben geführt zu haben schien. Und das war eine komische Vorstellung.

»Oddo, des isch mei Neffe, dr Tom, der Sohn vom Georg.«

»Sag bloß vom kloina Latzhosa-Georg? Sabberlod, kaum zom glauba.«

»Freile«, sagte Marlies und deutete auf mich. »Und des isch sei Frau, de Dora. Boide hend se ihr Lebe in Schdurgard aufgeba und lebad jetzt bei mir, um mi im Aug zu behalta.« Sie zwinkerte uns zu.

»Zu Recht«, sagte Rosner und fuhr Marlies liebevoll über den Arm. »Auf so a Gänseblümle muss mr aufpassa.«

»Des machet se boide. Dora leitet die Bücherei, und dr Tom isch Kriminalkommissar und a ganz wichtige Nummer dahana.« Voller Stolz strahlte Marlies ihren Neffen an.

»Dann brauch i mir ja koine Sorga macha. Kriminalkommissar, des isch ja a super Sach und wirklich faszinierend!« Rosner widmete sich wieder Tante Marlies. »Wie lang hemmer uns ed gseha. Zwanzig Jahr?«

»Zweiundzwanzig Jahr, vier Monat und vierzehn Tag.«

Die erste große Liebe vergaß man nie, so hieß es doch so schön. Und wenn man die beiden so beobachtete, wie sie sich Blicke zuwarfen und in ihren Köpfen einen Film von alten Erinnerungen abspielten, an denen nur die beiden teilgenommen hatten, verstand ich das Sprichwort sehr gut.

Wenn ich an meine erste große Liebe zurückdachte … da musste ich kurz überlegen. Ja, ich glaube, es war Sascha aus der achten Klasse gewesen. Aber wer wusste das schon so genau? Ich konnte mich noch daran erinnern, dass ich mich wie die Siegerin gefühlt hatte, weil ich den Herzensbrecher schlechthin der Klasse für mich gewonnen hatte. Für ganze acht Wochen, bevor ich gegen Nicole, zwei Klassen unter mir, ausgetauscht worden war. So schnell konnte es manchmal gehen.

Zum Glück gab es kein Limit, wie viele große Lieben man im Leben haben durfte, oder? Nach Sascha hatten Nils und Andreas mein Leben auf die eine oder andere Art geprägt. Ich hatte einige Frösche küssen müssen, bis ich bei meinem Froschkönig gelandet war. Ich schenkte ihm ein Lächeln, während ich an unsere gemeinsame Zeit zurückdachte. Mit einem Mal fiel mir wieder ein, dass ich eigentlich böse auf Tom war. Ich zog mein Lächeln zurück und setzte wieder mein »Das gibt noch Ärger«-Gesicht auf.

»Ihr habt sicherlich viel zu sprechen nach so langer Zeit. Ihr entschuldigt uns bitte kurz, Tom wollte sich fürs Essen noch umziehen, wir kommen gleich zurück.« Ohne auf eine Rückmeldung zu warten, zog ich meinen Mann aus dem Haus und in Richtung unserer eigenen Wohnung.

Tante Marlies, die seit einigen Jahren Witwe war und deren Kinder weit verstreut in ganz Deutschland lebten, hatte sich bisher allein um das große Grundstück gekümmert. Ein altes Fachwerkhaus, ein angrenzendes Gebäude, in dem Tom und ich mit unseren beiden Kätzinnen Miss und Mrs lebten, und dann war da noch der riesige Garten, der mehr Arbeit machte als zwei ganze Schulklassen. Dank seinem ausgebauten Helfersyndrom hatte Tom entschieden, das Stadtleben gegen das Landleben zu tauschen, um näher bei seiner Lieblingstante sein zu können.

Ich war alles andere als begeistert gewesen und hatte anfangs Schwierigkeiten mit diesem ländlichen Leben gehabt. Ich war nun einmal eine Großstadtblume. Aber mittlerweile hatten wir uns hier gut eingelebt, und ich hatte sogar ein bisschen begonnen, die Menschen und Goldthal in mein Herz zu schließen.

Ich hatte Tom bis vor unsere Wohnungstür gezerrt und ließ erst dort von ihm ab.

»Was hast du gegen mein Outfit, das hat doch gut fürs Essen gereicht?« Er setzte seinen Hundeblick auf. Männer, sie waren manchmal ja wirklich wie kleine Hundewelpen, so tollpatschig und treudoof, dass sie es einem schwer machten, ihnen böse sein zu können. Ich machte mit meinen Lippen eine komische Schnute, um mein aufkommendes Lächeln besser tarnen zu können.

»Dummerle, es geht doch nicht um dein Outfit. Wie konntest du mir den Dorfbiddl auf den Hals hetzen? Das war eine linke Nummer, den Strafzettel zahlst du.«

Tom setzte ein zufriedenes Grinsen auf. »Dann konntest du es also nicht lassen und warst schnüffeln.«

»Ich mag dieses Wort nicht.«

»Weil es der Wahrheit entspricht?«

Ich gab ihm einen kleinen Klaps auf den Arm. »Du bist gemein. Erzähl mir lieber, wie du die ganzen Gemälde von Goldthal sichern willst. Das muss doch enorm viel Geld und Zeit kosten.«

Tom kräuselte die Stirn. »Woher weißt du das?« Er warf einen Blick zurück auf Marlies' Haus. »Warum frage ich überhaupt. Wie ich sehe, läuft das Klatschtantennetzwerk wieder ausgezeichnet.«

»Dann stimmt es also?«

Er seufzte. »Das war einer unserer Pläne. Alle kostbaren Gemälde mit Sendern auszustatten und abzuwarten. Früher oder später hätte uns der Dieb direkt in sein Versteck geführt.«

Ich war beeindruckt, die Idee gefiel mir immer besser. »Und was kam dazwischen?«

»Bisher konnten wir kein Muster bei den Diebstählen erkennen. Mal sind es Landschaftsmalereien, dann Porträts oder ein Stillleben. Das macht es kompliziert, seinen nächsten Zug vorherzusagen.«

»Was hältst du davon, wenn ihr euch auf die bedeutenden Einrichtungen im Ort konzentriert und Attrappen aufstellt und mit einer Falle verseht? Und zack …«

Tom küsste mich auf die Stirn. »Du solltest wirklich aufhören, deine wertvolle Zeit mit dem Ermitteln zu verschwenden. Ich dachte, du wolltest dich mehr auf deine Bücherei konzentrieren?«

»Ich habe einen Arbeitsauftrag erhalten. Von unserer Bürgermeisterin, die, wie du weißt, meine Chefin ist. Du erinnerst dich?«

»Schatz, ich weiß, du glaubst, das der Behringer schuldig zu sein, aber das musst du nicht. Das Aufklären von Mordfällen ist die Aufgabe der Polizei und nicht die von Bibliothekarinnen.«

Da isch au d' Hebamme nemme schuld

»Hier wären wir also«, sagte ich und deutete auf die große Steintreppe vor uns.

»Wir sind völlig falsch gekleidet.« Jonas musterte, was ich anhatte. Mein Kleiderschrank wies viele Farben auf, Beige gehörte allerdings nicht dazu. Also hatten wir uns dazu verabredet, in Rot zu kommen. Die Farbe war ein Klassiker und würde niemanden stören. Dass der Rest der Fachtagung in Schwarz und im Anzug kommen würde, hatte ja niemand vorausahnen können.

Ich machte eine wegwerfende Handbewegung. »Niemand wird auf unsere Kleidung achten, und jetzt komm, bevor wir uns nicht mehr richtig umschauen können.« Mit langsamen Schritten erklommen wir die Treppe und sahen uns beeindruckt um.

Das Haus der Wirtschaft in Stuttgart. Austragungsort der 65. Fachtagung schwäbischer Archäologen. Ein beeindruckendes Gebäude mit der hohen Decke, den Säulen und dem Boden aus Marmor. Die Archäologen bewiesen Geschmack bei der Auswahl ihrer Treffpunkte.

»Das erinnert mich eher an einen Bienenstock als an eine Fachtagung«, kommentierte Jonas das wilde Treiben vor uns. Unzählige Archäologen schwirrten durch die große Halle, von einem Infostand zum nächsten, und unterhielten sich angeregt.

»Vermutlich leben diese Menschen zum Großteil ihres Lebens unter der Erde und sehen nur selten andere lebendige Wesen. Kein Wunder, dass hier solch ein Durcheinander herrscht.«

Jonas hielt ein Programmheftchen in den Händen und studierte es eingehend. »Die ersten Fachvorträge beginnen in einer Stunde. Wie sieht unser Plan aus, Meisterdetektiv?«

»Der Titel gefällt mir.« Ich setzte ein breites Grinsen auf. »Wir sollten anfangen, uns umzuhören. Die Stimmung scheint gut zu sein, und niemand wird sich an uns stören. Und wenn die Vorträge beginnen, machen wir uns aus dem Staub. Für solche langweiligen Beiträge habe ich eindeutig zu wenig Koffein im Blut.«

»Eindeutig«, antwortete Jonas. »Ich werde uns mal etwas zu trinken besorgen und mich umhören.« Er deutete auf den Getränkestand an der gegenüberliegenden Wand. Und ich verstand. Der Kellner war etwas fürs Auge, kein Wunder, dass Jonas ihn vernehmen wollte.

»Vergiss meinen Kaffee nicht«, rief ich ihm hinterher, konnte jedoch nur noch seinen blonden Haarschopf in der Menge verschwinden sehen. »Keine Ursache, ich werde einfach hier warten.«

Ich verschlang meine Hände hinter dem Rücken miteinander und begann, die Stände genauer zu betrachten. Von Postkarten, Fachzeitschriften und Skulpturen bis hin zu Werkzeug war alles zu finden.

Die Stimmung dieser Fachtagung erinnerte mich an den letzten Bibliothekskongress in Leipzig. Meine ehemalige Arbeitskollegin Marie-Luise aus der Stadtbibliothek Stuttgart und ich hatten den Kongress besucht. Wir hatten eine tolle Zeit dort verbracht. Die Begegnungen, die inspirierenden Gespräche und vor allem die herrlichen Tanzabende. Man sollte es kaum glauben, aber sobald Bibliothekare unter sich waren und sich sicher fühlten, ließen sie ordentlich die Sau raus. Wehmut stieg in mir auf, wenn ich an die vergangene Zeit zurückdachte.

»Schon zurück?«, fragte ich meinen Begleiter, der mit einem Mal an meiner Seite aufgetaucht war und ein Gesicht wie sieben Tage Regenwetter machte.

»Er weiß nichts.« Jonas reichte mir eine Kaffeetasse rüber und knabberte an einem Strohhalm aus einer Makkaroninudel herum. Dann schien die Vernehmung wohl nicht besonders gut verlaufen zu sein. Oder Jonas hatte festgestellt, dass er und der Kellner nicht im selben Team spielten.

»Lass uns an dem Stand mit den Postkarten beginnen«, sagte ich. »Der ältere Herr, der dort steht, kann uns sicherlich Informationen liefern.«

»Auf ihn mit Gebrüll.« Jonas deutete mit seinem angebissenen Strohhalm auf den Archäologen. »Der weiß bestimmt was.«

Wie zwei hungrige Löwen näherten wir uns unserem Opfer an und positionierten uns direkt neben ihm. Er hielt Dokumente in seinen Händen und murmelte leise vor sich hin. Der Herr trug ein Namensschild, auf dem ich »Werner Haack« entziffern konnte.

Haack sah nervös aus und wirkte uralt mit dem schneeweißen Haar und dem Bart. Ich fragte mich, aus welcher Ausgrabungsstätte man ihn befreit hatte.

Ich tippte ihn sanft an der Schulter an und erntete einen verwirrten Blick von ihm. »Entschuldigen Sie bitte die Störung –«

»Was gibt es denn? Sie sehen doch, ich bin beschäftigt«, bellte Haack.

»Wir wollten Sie nur kurz etwas fragen«, erklärte Jonas und setzte ein Lächeln auf. Es wirkte auf die meisten Menschen entwaffnend. Bis auf unser Gegenüber, dessen buschige Augenbrauen sich noch mehr zusammenzogen. »Können Sie uns vielleicht etwas über Matthias Kleinwächter verraten? Wir haben von seinem Tod erfahren und sind ganz bestürzt.«

Der Archäologe rollte seine Dokumente zu einer Rolle zusammen und funkelte uns wütend an. »Wie können Sie es wagen! Ich halte jeden Moment meine Rede, und Sie kommen mir mit diesem Verrückten. Unfassbar!«

Ohne ein weiteres Wort ließ Haack uns stehen.

»Es scheint wohl so, als hätten wir hier einen Anti-Kleinwächter gefunden«, sagte ich.

Jonas zeigte mir den Vogel. »Wenn du mich fragst, hat der Gute zu viel Zeit unter der Erde verbracht und verlernt, wie man mit Menschen spricht.«

Ich zuckte die Schultern. Mit meinen Augen suchte ich die übrigen Stände ab, in der Hoffnung, andere gesprächige Experten zu finden. Ich stieß Jonas sanft mit dem Ellenbogen an.

»Siehst du die große Frau beim Statuenstand? Die sieht doch ganz nett und redselig aus. Wollen wir unser Glück probieren?«

»Schlimmer als gerade eben kann es gar nicht werden.«

»Gut. Aber dieses Mal werden wir die Kuh von einer anderen Seite aufziehen, vielleicht klappt es dann.« Ich krempelte meine Ärmel hoch. »Spiel einfach mit.«

Wir pirschten zu den Statuen vor. Ganz beiläufig stellten wir uns neben der Dame auf und heuchelten Interesse für die Tonfiguren. Unser Opfer unterhielt sich angeregt mit dem Händler über ein Thema, das mir mehr als spanisch vorkam. Sicherlich ein archäologisches Expertengespräch.

Ich räusperte mich und hob leicht meine Stimme, damit die gute Frau unser fingiertes Gespräch auch hören konnte.

»Nirgends ist es mehr sicher. Überall wird gestohlen und betrogen.« Empört schüttelte ich den Kopf und warf Jonas einen kurzen Blick zu. Ich hoffte nur, er verpasste seinen Einsatz nicht.

Im ersten Moment sah er mich verwirrt an, verstand jedoch dann. »Oh ja, ich weiß genau, was du meinst. Wirklich schlimm.«

»Und dann erst dieser Mord, einfach nur grauenvoll.« Ein Seitenblick zu unserer Dame, keine Reaktion. Sie wollte mehr, dann gab ich ihr mehr. »Dieser Kleinwächter kann einem wirklich nur leidtun. Schlimm, schlimm.«

Das Gespräch neben uns verstummte. Bingo.

»Entschuldigung, aber reden Sie gerade von Matthias Kleinwächter?« Unser Opfer hatte zu uns aufgeschlossen und sah zwischen Jonas und mir hin und her.

»Ähm, ja«, gab ich adäquat Auskunft. »In der Tat. Ist es nicht schrecklich, was mit dem armen Tropf passiert ist?«

Die Frau, eine große Bohnenstange mit einem dunklen Haarkranz auf dem Kopf, nickte kräftig. Das Namensschild wies sie als Nina Scherer aus.

»Dass es diesen Idioten einmal so treffen würde, hätte jeder Blinde vorhersehen können.« Sie ballte die Hände zu Fäusten.

Jonas und ich sogen die Luft ein. Na toll, wieder ein Anti-Fan.

Scherer blinzelte uns an. »Hatten Sie die Gelegenheit, ihn einmal persönlich kennenzulernen?«

Ich hatte ihr Fragen stellen wollen, nicht umgekehrt. Ein hilfesuchender Blick zu Jonas.

»Nur ganz kurz«, begann Jonas. »Wir sind mit der Ausgrabungsstätte von Goldthal vertraut … wo man ihn … na ja, Sie wissen schon.« Er zog entschuldigend seine Schultern hoch.

Scherer zog eine Schnute. »Bitte keine Details, ich kann es mir bildlich vorstellen.«

»Wie war er denn so? Wir hatten leider nie die Möglichkeit, ihn näher kennenzulernen.«

Eine Grimasse erschien auf Scherers Gesicht. »Seien Sie froh. Dass es so mit ihm enden musste, war klar. Ich habe nie verstanden, wie dieser Mann eine Anstellung gefunden hat.«

Endlich jemand, der mit uns sprach. Am liebsten hätte ich einen kleinen Freudentanz aufgeführt, was in diesem Moment schlecht ging. Ich würde das einfach auf später verschieben.

»War er nicht kompetent?«, fragte Jonas.

Scherer lachte. »Kompetent? Jedes Toastbrot war fähiger als dieser Mann!«

»Aber wie kam er dann an diese Ausgrabung?«

»Wie üblich. Kleinwächter hat betrogen und gelogen, wo es nur ging. Seine Abschlussarbeit war gefälscht. Das wussten alle. Aus ihm konnte ja nie was werden. Und wenn ich an den Skandal vor drei Jahren denke …«

Jetzt wurde es interessant, und meine innere Klatschtante sprang darauf an. »Was war vor drei Jahren?«

»Wissen Sie das nicht? Da hat er doch diese Praktikantin aus Frankreich verführt, die dann schwanger wurde.«

Das schrie ja förmlich nach einer neuen Verdächtigen!

»Was wurde aus dieser Praktikantin? Kennen Sie ihren Namen?« Unser Ausflug hierher hatte sich wirklich gelohnt.

Scherer verneinte. »Ihren Namen kenne ich nicht. Ich weiß nur, dass sie das Kind wohl verloren hat und zurück ins Ausland ging. Kein Wunder, dass ihn seine Frau verlassen hat. Gott allein weiß, wie er an die gekommen ist.«

Vielleicht war die Französin doch eine Spur zu weit weg. Aber die Frau, davon stand etwas in dem Nachruf. »Wissen Sie, wie die Ex-Frau heißt?«

»Lassen Sie mich kurz überlegen.« Scherer rieb sich über das Kinn und überlegte angestrengt. »Sie hat irgendwas mit Kunst zu tun … ach ja, Stefanie Kamps.«

Mein Gehirn versuchte, die neuen Informationen zu verarbeiten. Ach, ich erinnerte mich: eine Ex-Frau, die mit Kunst zu tun hatte. Dann ein Toter, der in einem Ort gefunden wurde, wo Gemälde verschwinden. Klingelingeling.

»Für wen arbeiten Sie, oder warum interessieren Sie sich so brennend für unseren verstorbenen Kollegen?«

Neben mir war, wie aus dem Nichts, eine weitere Person erschienen und hatte mich fast zu Tode erschreckt. Meine Hand griff automatisch ans Herz, das wild pochte. Ich warf ihr einen Blick zu. Die Frau war recht klein, hatte rotes Haar und trug ein dunkelblaues Kleid, an dem zum Glück ein Schild klebte. Professor Dr. phil. Eva Schönborn.

Schönborns stechende Augen musterten mich eindringlich. Ich fühlte mich mehr als unwohl unter ihrem Blick.

»Huch, Eva, wo kommst du denn auf einmal her?« Scherer war ebenfalls erschrocken und sah die Neue kopfschüttelnd an. »Ich habe dich nicht gesehen.«

Schönborn nippte an ihrem Sektglas und ließ Jonas und mich nicht aus den Augen. »Ich war die ganze Zeit in der Nähe. Viel wichtiger ist doch, warum du hier am Tratschen bist und gar nicht merkst, wie du ausgehorcht wirst.«

Die Gute hatte etwas von einem General der Bundeswehr.

Scherer lachte kurz auf. »Ich werde doch nicht ausgehorcht. Wir haben uns ganz normal unterhalten und kamen zufällig auf Kleinwächter zu sprechen.«

»Zufällig. Natürlich.« Schönborn verdrehte die Augen.

Scherer ging überhaupt nicht darauf ein. »Wie geht es dir überhaupt?«

»Wie soll es mir schon gehen? Was soll die Frage?« Schönborn leerte den restlichen Sekt in einem Zug.

»Ihr habt doch zusammen studiert. Sein Tod muss dich doch mitnehmen.«

Ich würde einfach mal mein Glück probieren. »Dann kennen Sie Kleinwächter ja richtig gut?«

Schönborn richtete ihre Aufmerksamkeit wieder auf uns. »Unsinn. Also, wer sind Sie?«

»Wir sind nur zwei Archäologen, die sich auf einer Fachtagung mit Gleichgesinnten austauschen.«

»Interessant«, merkte sie an. »Was ist Ihr Schwerpunkt?«

Jonas und ich sahen uns an. Mist. Auf eine solche Frage hatten wir uns nicht vorbereitet. Hatte ja keiner ahnen können, dass sich ein Gespräch in diese Richtung entwickeln würde.

»Wir haben uns auf …«, begann Jonas und warf nun den Ball in meine Richtung.

Komm schon, Gehirn, lass mich nicht im Stich. Ich versuchte, mich an meine ganzen Recherchen zum Thema Archäologie zu erinnern.

»… auf den Bereich der Neoägyptologie spezialisiert.« Ich wollte mich ja nicht selbst loben, aber diese Richtung hatte ich gerade erfunden. Und sie klang wirklich faszinierend und modern. Ganz nach meinem Geschmack.

Schönborn lächelte mich an, was mir jedoch ein ungutes Gefühl bescherte. »Ein faszinierendes Gebiet, da kann ich Ihnen nur zustimmen. Und wo arbeiten Sie?«

Mayday! Mein Gehirn sendete mir den Hinweis, dass ich gerade in eine Falle getappt war. Wie hätte Schönborn sonst mein Spezialgebiet faszinierend finden können? Ein flüchtiger Blick auf Scherer und ich fühlte mich in meiner Vorahnung bestärkt. Ihre aufgeschlossene Körperhaltung hatte sich verändert, sie wirkte distanziert. Am besten, wir schwiegen …

»Wir arbeiten im Gotthard Institut in Ulm«, verkündete Jonas und sah mich glücklich an.

Das Lächeln auf Schönborns Gesicht war zu einer zufriedenen Fratze geworden. »Wie ich es dir gesagt habe, du hast dich aushorchen lassen.« Sie richtete ihre Aufmerksamkeit wieder auf uns. »*Ich* arbeite im Gotthard, und diesen lächerlichen Bereich ›Neoägyptologie‹ gibt es nicht. Keine Ahnung, für welches Schmierblättchen Sie schreiben, aber Sie sollten nun besser gehen, bevor ich den Sicherheitsdienst hole.«

Ich wog unsere Möglichkeiten ab. Eine neue Ausrede erfinden, um das »Missverständnis« aufzuklären und am Ende vom Sicherheitsdienst vor die Tür gesetzt zu werden? Oder ganz schnell die Flucht ergreifen?

Ich entschied mich zur Flucht.

»Schöne Tagung noch«, verabschiedete ich mich und zog Jonas mit mir. Er war ganz blass und ließ den Kopf hängen.

»Mist, das ging ja voll in die Hose.«

»Ein bisschen haben wir ja erfahren. Und wenn diese Schönborn nicht aufgetaucht wäre, hätten wir wohl noch mehr herausgefunden.« Ich riskierte einen Blick zurück.

Der kleine rothaarige General warf mir einen vernichtenden Blick zu. Ein kalter Schauer kroch mir über den Nacken. Diese Frau hatte eine Ausstrahlung zum Davonlaufen. Zum Glück würde ich sie nie wiedersehen.

Dachte ich jedenfalls.

Magsch du mi, em Fall i di meega dät?

Nun, das war auf jeden Fall ein interessanter Ausflug gewesen.

»Dieser Schönborn möchte ich nachts auch nicht begegnen. Die hat mir eine Gänsehaut beschert«, sagte Jonas und schob sich eine Handvoll Wasabinüsse in den Mund. »Bei der glaube ich sofort an Reinkarnation, die ist doch schon mal auf dem Besen geritten.«

»Das war jetzt aber nicht nett«, tadelte ich ihn und griff ebenfalls in die Nussschale. Insgeheim konnte ich jedoch nur zustimmen.

Nachdem wir die Fachtagung verlassen hatten, waren wir in eine kleine Bar eingekehrt. Ich liebte diese Lokalitäten, die sich in den Seitenstraßen von Stuttgart befanden und nicht so überlaufen waren. Jonas und ich konnten uns nun ganz in Ruhe bei Cocktails und entspannter Loungemusik unterhalten.

»Was denkst du, sollen wir uns noch einmal an die Fersen von Scherer heften? Wir könnten sie in unsere Ermittlungen miteinbeziehen, und vielleicht erfahren wir mehr von ihr?«

Ich schüttelte den Kopf. »Sie wird uns nicht helfen. Jedenfalls jetzt nicht mehr. Wir müssen anders an Informationen gelangen.«

»Ich wüsste nicht, welche Möglichkeiten wir noch hätten. Schade, dass wir uns die Wohnung von Kleinwächter nie anschauen konnten. Es hätte mich ja brennend interessiert, wie so ein Archäologe lebt.«

Ich nahm einen Schluck von meinem Ipanema. »Wir sind ja zwei kreative Köpfe, aber ich hätte beim besten Willen nicht gewusst, wie wir uns Zugang zu der Wohnung verschaffen hätten können. Ebenso das Büro von Kleinwächter.

Beide Standorte werden von der Polizei bewacht. Nur den Dorfbiddl haben sie uns gelassen, das sagt ja schon alles.«

Jonas gluckste. »Keine Ahnung, was aus dem werden soll, wenn er nicht mehr für die Polizei arbeiten kann.«

»Wie wäre es dann mal mit seiner richtigen Arbeit?«

»Fragt die Hobbyermittlerin?« Jonas prostete mir mit seinem Cocktail zu. »Wie stellst du dir eigentlich die Zukunft vor?«

Verwirrt sah ich ihn an. »Wie kommst du darauf?«

Er zuckte mit den Schultern. »Ich weiß nicht, kam mir gerade so in den Sinn.«

Da musste ich natürlich nicht lange nachdenken. »Sehr schön! Ihr werdet glücklich sein. Habt ein eigenes Haus, Tiere und Kinder. Fast schon ein bisschen spießig, wenn du mich fragst.« Ich lachte.

Jonas lachte nicht. »Wen meinst du mit ›ihr‹?«

»Na, dich und Luis natürlich.«

»Ich dachte, du trinkst einen alkoholfreien Cocktail? Du redest völligen Unsinn. Wie kommst du überhaupt auf Luis?«

»Ihr wärt so ein schönes Paar, das Glück ist schon zum Greifen nahe.«

Er verzog seine Lippen zu einem kleinen Lächeln. »Du bist unmöglich. Hast du dich mit Oma verbündet? Er ist wirklich nett, aber ich bin nicht interessiert.«

»Nett ist die kleine Schwester von –«

»Nein, ich meine das ernst. Er ist wirklich sehr nett. Im Moment habe ich aber keinen Kopf für Männersachen. Ich will mich jetzt ganz auf meinen Beruf fokussieren. Überlegen, wie es mit dem Laden weitergehen soll und welche Möglichkeiten es gibt.«

Jonas war eigentlich Informatiker und hatte Döhrings Allerlei aus Liebe zu seiner Oma übernommen. Dass er sich Gedanken über die Zukunft machte, konnte ich gut verstehen.

»Also gut, dann hänge ich den Job der Aphrodite eben an den Nagel und konzentriere mich auf andere Dinge.«

»Aber nett von dir, dass du dich so um mein Liebesleben sorgst.« Er zwinkerte mir zu. »Und wenn du einen Blick in deine Zukunft werfen könntest, was würdest du sehen?«

Ich war eine Planerin und hasste es, nicht zu wissen, was auf mich zukam. Die Zukunft bereitete mir ziemliche Bauchschmerzen. Es gab so viele Möglichkeiten, ob nun gute oder schlechte. Ich wusste, wie Tom sich unsere Zukunft vorstellte. Wir würden uns einen Hund anschaffen – obwohl ich Team Katze war –, die Welt bereisen und Kinder haben. Am besten eine ganze Fußballmannschaft, wenn es nach Tom gehen würde. Und ich? Ich wollte einfach nur glücklich sein und mein Leben mit Tom verbringen, alles andere würde sich offenbaren.

»Meine Kristallkugel ist heute leider defekt, aber ich bin davon überzeugt, dass alles gut werden wird.«

»Hast du dir schon einmal Gedanken darüber gemacht, was sein wird, wenn wir den Fall nicht lösen können?«

»Ist doch ganz klar, ich besuche die Behringer einfach jede Woche im Knast.«

Diesen Gedanken erlaubte ich mir nicht. Der Fall war zu lösen, keine Frage. Ich hoffte es inständig.

Jonas lachte, und sein ganzer Körper bebte auf dem Barhocker. »Pass auf, dass die dich nicht dabehalten.«

Ich schmunzelte. »Also bitte, ich bin Ermittlerin, die werden ihre beste Mitarbeiterin doch nicht einsperren.«

Mir brauchad nix Neis, mir hänn no vom Alda gnuag

Ein brennender Mülleimer. Ein Mord. Eine nicht genehmigte Demo. Wenn das so weiterginge, würde sich Goldthal in eine Brutstätte des Verbrechens verwandeln.

Ich hatte es selbst nicht glauben können, als mich Jonas angerufen hatte und meinte, ich müsse so schnell wie möglich kommen. Und hier war ich nun und konnte meinen Augen kaum trauen.

»Ich sagte doch, du würdest es mir nicht glauben.« Jonas deutete mit einem kurzen Kopfnicken auf die Meute vor uns.

Stumm nickte ich, mir fehlten die Worte für das Bild, welches sich mir bot. Jonas und ich befanden uns etwas abseits der Ausgrabungsstätte und ließen das Geschehen auf uns wirken. An der Ausgrabungsstätte, die immer noch vom Dorfbiddl bewacht wurde, hatte sich eine kleine Traube von Menschen versammelt. Ich konnte Annette Pötzsch und einige andere Mitglieder des Heimatbunds erkennen. Sie liefen im Schnee auf und ab, unterhielten sich laut, wirkten verärgert. Und die bemalten Schilder in ihren Händen, auf denen in bunten Lettern »Mir bleibed« geschrieben stand, unterfütterten die angespannte Stimmung nur noch mehr.

Ich hatte schon davon gehört, dass der Heimatbund gegen die Pläne von Behringer gewesen war, hier ein Kurzentrum zu errichten, und schon eine Petition gestartet hatte – ohne Erfolg. Und dann noch die Pleite von Pötzsch, die neue Bürgermeisterin hatte werden wollen. Ich konnte mir gut vorstellen, dass sie nun ihre Chance gewittert hatten. Mit der Unterbrechung bei den Ausgrabungen waren die Pläne vom Kurzentrum wieder aktuell geworden. Und hatten damit eine Palastrevolution ausgelöst.

»Was glaubst du, wie wird es ausgehen?«

»Nicht gut«, sagte ich und deutete auf den Trupp von Demonstrierenden, die dem Dorfbiddl gegenüberstanden, der mit einem zufriedenen Grinsen tapfer Strafzettel an den Heimatbund verteilte. Das musste ja wie ein verfrühtes Weihnachten und Ostern in einem für ihn sein.

»Komm mit, das ist unsere Chance«, sagte ich zu Jonas und zog an seiner Jacke.

»Wo willst du hin?« Wir eilten an den Demonstranten vorbei und in Richtung der Ausgrabungszelte.

»Der Dorfbiddl ist im Moment beschäftigt, und wir sollten die Gelegenheit nutzen und noch mal einen Blick in die Zelte werfen. Keine Ahnung, wann wir wieder solch eine Gelegenheit erhalten.«

»Müssen wir wirklich?«

Ich warf meinem Partner in Crime einen kurzen Blick zu.

»Warum frage ich überhaupt?« Jonas zog sich seine Handschuhe an. »Wollen wir?«

Wir schlichen zu den Zelten vor, sahen uns wie Profieinbrecher noch einmal um, ob wir von den Passanten beobachtet wurden, und duckten uns ins erste Zelt.

»Geschafft«, sagte ich. Jetzt konnten wir uns in Ruhe umschauen.

»Kann ich behilflich sein?«

Jonas und mir entfuhr ein kleiner Aufschrei, und wir drehten uns um. Mein Herz raste wie nach einem Marathon.

»Mein Gott, müssen Sie uns so erschrecken?«, fragte ich.

Die junge Frau vor uns trug ein Outfit wie Indiana Jones. Ihr langes Haar war auf dem Kopf zu einem dicken Nest geflochten, aus dem wilde Strähnen herausragten, und auf der Nase thronte eine dicke Hornbrille.

»Die Frage ist eher, was Sie hier zu suchen haben. Die Zelte sind Eigentum des Gotthard Instituts, und soweit ich mich erinnern kann, sind Sie keine Mitarbeiter. Also?« In ihren

Händen schwang sie eines von diesen Folterinstrumenten, die Tante Marlies auch besaß. So eine Schaufel war sicherlich auch eine gute Tatwaffe. Lass dir etwas einfallen, pushte ich mich selbst.

»Mein Name ist Dora Fuchs, und ich bin die Leitung der örtlichen Bücherei. Das ist mein Nachbar Jonas Döhring, ihm gehört das Döhrings Allerlei. Wir sind hier, weil wir uns etwas umschauen wollten, um eine passende Medienausstellung zum Thema Archäologie und Alemannen aufzubauen. Entschuldigen Sie bitte, dass wir einfach so hier eingedrungen sind. Ich war einfach zu neugierig, wie es hier wohl aussehen würde.« Ich lächelte und hoffte, mein Gegenüber damit in Sicherheit zu wiegen.

Es schien funktioniert zu haben. Die junge Frau senkte die Schaufel, und auch ihre angespannte Haltung wich.

»Ich bin Sina Dettmann, freut mich. Ein Glück, ich dachte schon, Sie wären ein Teil von diesen Spinnern da draußen. Dafür fehlt mir im Moment wirklich der Kopf.« Sie lehnte die Schaufel an eine der vielen Kisten an und begann, aus einer anderen Kiste Werkzeug herauszuholen. »Ich muss Sie trotzdem bitten, zu gehen. Sie befinden sich hier auf einer Ausgrabungsstätte und bringen mit Ihrer Anwesenheit die ganze Beweissicherung durcheinander.«

Das hatte ich nicht kommen sehen. Wir waren jetzt so nah und hatten die Möglichkeit, uns umzuschauen, und dann geschah so etwas. Ich setzte einen Hundeblick auf, vielleicht war Sina Dettmann dafür empfänglich.

»Es wäre wirklich ganz toll, wenn wir uns nur ganz kurz umschauen dürften. Wir versprechen auch, nichts anzufassen. Ich wollte schon immer mal wissen, wie so eine Ausgrabung funktioniert. Nur fünf Minuten?«

»Aber beeilen Sie sich und behalten Sie Ihre Finger bei sich.« Sie hatte uns den Rücken zugekehrt und war mit irgendwas beschäftigt.

Ich warf Jonas einen kurzen Blick zu, und er zuckte nur mit den Schultern.

»Freut uns, Sina. Und was machen Sie so, während da draußen der wütende Mob tobt?« Jonas versuchte sie in ein Gespräch zu verwickeln, wodurch ich die Gelegenheit bekam, mich weiter umzuschauen.

»Was eine Assistentin halt so tut.«

Ohne Chef wahrscheinlich eher nichts, ging es mir durch den Kopf.

»Der Verlust von Kleinwächter muss Sie hart getroffen haben.« Den mutigen Menschen gehört die Welt, sprach ich mir zu und redete einfach drauflos.

Dettmanns Gesichtszüge nahmen eine harte Spur an, und sie schnaubte verächtlich.

»Das geht Sie überhaupt nichts an«, bellte sie, und ich befürchtete schon, sie würde jeden Moment eines ihrer Folterinstrumente nach mir werfen. Aber ihre Reaktion war interessant und verriet viel über ihre Beziehung zu Kleinwächter.

»Was machen Sie mit all den Kisten?«, sprang Jonas mir bei.

»Erst soll ich alles in Kisten packen und unsere Abreise vorbereiten und jetzt wieder alles auspacken. Da soll sich einer auskennen.« Dettmann seufzte.

»Sie wollten Ihre Zelte abbrechen und abreisen?«, fragte ich und hoffte, sie dieses Mal nicht zu verärgern.

»Nach Kleinwächters Ermordung wollte das Institut keine weitere schlechte Publicity und erst einmal Gras darüber wachsen lassen. Und jetzt das.«

»Soll das heißen, die Ausgrabungen werden weitergehen? Und was ist mit der schlechten Publicity?«, fragte Jonas.

»Gute Frage.« Dettmann verdrehte die Augen. »Nächste Woche soll es hier weitergehen, und ich soll alles vorbereiten. Allein.«

»Sie Arme«, sagte ich. »Und wissen Sie zufällig, wer hier

weitermachen wird?« Das waren durchaus interessante Informationen.

»Ja, Professor –«

»Aha, na, wen haben wir denn hier schon wieder?« Der Dorfbiddl war mit einem Mal auf der Bildfläche erschienen und schien mehr als bereit dazu, Strafzettel zu verteilen.

Mist, ausgerechnet jetzt musste sich der Schnüffler hier breitmachen. Er deutete uns den Weg nach draußen, und ich kam der Aufforderung lieber nach, auf eine Szene hatte ich nun wirklich keine Lust. »Wir sehen uns«, rief ich Dettmann noch zu.

»Na klar«, nuschelte diese, war mit ihrem Kopf schon wieder in einer der Kisten verschwunden und schien nur die Hälfte mitzubekommen.

Der Dorfbiddl hantierte an seinem Gürtel herum, als wir draußen waren. »Schnüffeln. Wieder. Das macht für beide vierzig Euro.«

Der hatte doch wirklich nicht alle Tassen im Schrank. »Ist das dort drüben etwa Frau Nothdurft-Schlüpfer, die Ihre Hilfe benötigt?«, fragte ich laut genug, um die Aufmerksamkeit des Dorfbiddls zu erhalten, und deutete noch in die richtige Richtung, um ihn auch ja von uns abzulenken.

Und ich glaubte wirklich, dass der Schlüpfer Hilfe benötigte. Sie stellte sich den Demonstranten entgegen, hob beschwichtigend die Hände und versuchte, gegen die lauten Stimmen anzukommen.

»Herrgott noch mal, was tut sie denn da? Sie sollte sich doch fernhalten!«, fluchte der Dorfbiddl und eilte davon, ohne uns einen Strafzettel verpasst zu haben. So gefiel mir das. Toms Geldbeutel hatte schon genug gelitten.

Nothdurft-Schlüpfer zückte ihr Megafon und richtete es auf den wütenden Mob. »Hier spricht Ihre Bürgermeisterin. Ich kann Ihren Unmut verstehen, aber es bringt doch nichts, eine nicht genehmigte Demonstration anzuzetteln.«

»Wir wollen hier kein Kurzentrum!«, schrie Pötzsch und hielt ihr bemaltes Schild hoch.

»Annette, was soll das?« Nothdurft-Schlüpfer hob mahnend ihren Finger, wie es nur Lehrer konnten. »Ihr solltet euch Gedanken über euer Verhalten machen und einen Aufsatz darüber verfassen, warum es nicht sinnvoll ist, eine unangemeldete Demonstration anzuzetteln.«

»Scheiß-Pauker, den Pädagogenkack kannst du dir in die Haare schmieren! Mir bleibed!«, schrie eine Stimme aus dem Heimatbund, und ich konnte noch erkennen, wie die neue Bürgermeisterin einem Schneeball auswich, bevor sie sich hinter dem Dorfbiddl verstecken konnte.

»Was für ein Start für die arme Sau«, sagte ich. Man konnte dem Schlüpfer nur das Beste wünschen. Sollte sie den Kleinwächter umgebracht haben, um an den Posten der Bürgermeisterin zu gelangen, bereute sie das in diesem Moment wahrscheinlich.

»Warum genau tun wir das hier noch einmal?«, fragte ich Tom und versuchte, mich an die Reihenfolge der Tanzschritte zu erinnern. Außer dem großen Knoten in meinem Kopf war da nichts.

»Ich hatte uns beim letzten Mal für zwei Kurse angemeldet, und hier wären wir. Tadaaa!«

»Du hast uns für einen weiteren Kurs bei diesem Verrückten angemeldet, ohne zu wissen, ob wir es mögen würden?«

»Drei Kurse buchen, zwei zahlen. Sparen muss man.«

Typisch Schwabe. Sparen, sparen. Tom verzog seine Lippen zu einem Grinsen, das unschuldig aussehen sollte und wovon er wusste, dass ich dabei immer schwach wurde. Wir küssten uns und vergaßen für ein paar Augenblicke, uns zu bewegen.

»Nehmen Sie sich gefälligst ein Zimmer! Sie sind hier bei ›Tanzen mit Tews‹ und nicht bei einer Peepshow!«

Fridolin Tews, unser Tanzlehrer und ehemaliger Tanzprofi, war an unserer Seite erschienen und wirkte sehr unzufrieden mit unserer Darbietung. Voller Missbilligung verzog er seine schmalen Lippen zu einem Strich.

»Der Tango ist feurig und leidenschaftlich, aber wir deuten diese Begierde nur an und üben diese nicht auf der Tanzfläche aus.« Tews entriss Frau Meyer ihrem Partner und begann mit der Frau, deren Haare wild durch die Luft wirbelten, in zackigen Bewegungen die Tanzfläche auf und ab zu schreiten. Die arme Frau würde sicherlich ewig brauchen, bis sie sich von dieser Schüttelrunde erholt hätte.

»Fühlen Sie das Feuer, das Verlangen in sich und legen Sie alles in den Tanz. Und nicht auf die Tanzfläche.« Tews entließ Frau Meyer aus seinem Griff und klatschte in die Hände. »Und noch einmal von vorne.«

Wir begannen wieder, den Tangorhythmen zu lauschen und in schnellen Bewegungen durch den Raum zu tänzeln.

»Ich habe gehört, dass du heute bei der Ausgrabungsstätte warst. Und, was gefunden?«

Dorfbiddl. Mich anzuschwärzen sollte wohl von seiner Unfähigkeit im Bereich des Personenschutzes ablenken.

Meine Augenbraue schoss in die Höhe. »Natürlich haben wir nichts gefunden, aber das weißt du längst. Wenn du und deine Kollegen davon ausgehen würdet, dass hier noch etwas zu holen wäre, würdest du richtiges Personal abstellen und nicht solch einen Amateurschnüffler.«

Ein Schmunzeln erschien auf Toms Lippen. »Und das von Miss Marple von Goldthal.«

»Hey, Miss Marple hat Kultstatus, kein schlechtes Wort über die gute Jane. Da du mir nicht widersprochen hast, gehe ich davon aus, dass ich richtigliege. Das bedeutet also, dass ihr euren Schwerpunkt bei den Ermittlungen woanders gelegt habt. Konntet ihr im privaten Umfeld von Kleinwächter etwas in Erfahrung bringen?«

Tom, Engelsgeduld: »Du weißt, dass ich nicht über offene Ermittlungen mit dir sprechen darf.«

Ein Grinsen machte sich auf meinem Gesicht breit. »Also habe ich recht. Was kam bei der Sichtung der Anrufliste heraus? Ich verwette meinen neuen Kerstin-Finke-Krimi darauf, dass sowohl Dettmann als auch eine unbekannte Nummer die letzten Anrufer von Kleinwächter sind.«

Das irritierte Gesicht von Tom sagte mir alles, was ich wissen musste. »Woher weißt du das?«

»Weibliche Intuition, was sonst.«

»Ja, stimmt, das waren die beiden letzten Nummern, die Kleinwächter angerufen hat. Und bei der einen wissen wir noch nicht, wem sie gehört.«

»Familie Fuchs, genug mit dem Schnattern! Denken Sie daran, Sie tun das nicht für mich. Unser Wohltätigkeitstanzabend an Silvester ist das Ziel. Wir sammeln das Geld für Bedürftige. Also geben Sie sich endlich etwas Mühe, oder wollen Sie mich weiter enttäuschen?«

»Du schuldest mir was. Oh ja, und zwar etwas Großes.« Ich würde drei Kreuze machen, wenn dieser Tanzalptraum hinter uns lag.

»Wie wäre es mit einer Nilkreuzfahrt, die wolltest du doch schon immer mal machen?«

Ich setzte ein kokettes Lächeln auf. »Am liebsten werde ich mit Informationen bezahlt.«

Tom lachte. »Vergiss es.«

Was dein isch, isch au mein, ond was mir khörd, khörd dia no lang nix a

Ich konnte es nicht anders sagen, aber Goldthal war gerade in aller Munde. Die Zeitungen waren voll von Mord, Kunstraub und Demo, Dorfbiddls Einsatz und dem ersten öffentlichen Auftritt vom Schlüpfer. Oder von dem, was daraus geworden war. Katastrophe traf es wohl eher. »Der Aufstieg des Schlüpfers und wie tief man fallen kann« oder so ähnlich hatte eine Überschrift gelautet.

Der Schlüpfer hatte es nicht geschafft, die Meute unter Kontrolle zu bekommen. Ihr Auftritt hatte die Stimmung nur noch mehr angefeuert, und das Ende vom Lied war gewesen, dass man sie in Sicherheit hatte bringen müssen. Weitere Polizisten hatte man dazurufen müssen, um für Recht und Ordnung zu sorgen.

»Hier war ja mehr los als in jedem Krimi«, sagte ich mir und schob mein Handy, mit dem ich die aktuellen Nachrichten von und rund um Goldthal täglich verfolgte, in meine Tasche. Ich saß in meinem Auto und hatte mich auf den nächsten Schritt vorbereitet. Die gestrige Demo hatte mich auf einen neuen Gedanken gebracht. Was, wenn der Schlüpfer die wirkliche Mörderin von Kleinwächter war? Sie hatte ein Motiv – sie wollte Bürgermeisterin werden, und dazu musste die alte weg. Sie kannte Behringer gut, hätte damit alles so aussehen lassen können, als wäre Behringer die Mörderin gewesen. Und die Mordwaffe … daran arbeitete ich noch, aber das würde ich auch noch in Erfahrung bringen.

Jetzt musste ich dem Schlüpfer erst einmal auf den Zahn fühlen. Ich griff nach meiner Handtasche und stieg aus dem Auto. Ich hatte in der Nähe der Grundschule geparkt und nutzte die große Pause für meinen Angriff.

Der Schlüpfer war die Leitung der Agnes-von-Engel-

Grundschule und verbrachte seine Zeit zwischen der Schule und dem Büro der Bürgermeisterin. Laut Bäuerle fiel es ihr wohl schwer, loszulassen und sich ganz auf ihren neuen Posten zu konzentrieren. Gesund konnte das nicht sein.

Lautes Kinderlachen und Schreie hallten über den Pausenhof, Bälle flogen hin und her, Kinder sprangen durch Seile oder standen aufgereiht an der Hauswand und tippten wie wild in ihre Handys. Generation Matschscheibe, so sollte man sie nennen.

Bedächtig schlich ich über den Schulhof und hielt meine Augen nach dem Schlüpfer offen.

»Und Sie suchen?« Einer der Lehrer stand mit einem Mal sehr nahe bei mir und musterte mich genau. Oh Gott, jetzt dämmerte es mir erst, welchen Eindruck ich hier hinterlassen musste. Eine fremde Frau auf einem Hof voller Kinder, die sich suchend nach jemandem umsah. In den Augen des Lehrers hatte sich sicherlich ein Bild von mir ergeben, das ich nicht wollte. Stalkerin. Kindesentführerin, oder was auch immer er sich in seinem Kopf gerade für Szenarien ausmalte. Zum Glück entdeckte ich in diesem Moment den Schlüpfer, wie sie zwei Jungs ermahnte, nicht zu heftig zu toben.

»Alles gut, ich habe gefunden, wen ich gesucht habe.«

Ohne ihn weiter zu beachten, eilte ich auf die Interimsbürgermeisterin zu. »Hallo, Frau Nothdurft-Schlüpfer!«

»Sven-Luca, was habe ich gerade gesagt!«, rief sie einem der spielenden Jungs nach und drehte sich zu mir um. »Hallo, Frau Fuchs, Sie hätte ich hier nicht erwartet. Hatten wir einen Termin?«

»Ich war in der Gegend und dachte, ich schaue kurz vorbei. Ich hätte da noch ein paar Fragen an Sie und hatte gehofft, die auf dem kleinen Dienstweg klären zu können.«

»Spontanität ist wirklich eine schreckliche Eigenart, finden Sie nicht auch? Nächstes Mal machen Sie bitte einen Termin vorab aus.«

Nanu, was war denn mit der los? Mir war nicht klar gewesen, dass der Schlüpfer so ekelhaft sein konnte.

Sie verzog das Gesicht zu einer Schnute und warf einen Blick auf ihre Armbanduhr, wie es nur Lehrer konnten. »Dann kommen Sie mal kurz mit, wir haben noch zehn Minuten, bevor der Unterricht wieder beginnt. Albert!«, rief sie dem Lehrer zu, der mich abgefangen hatte. »Ich bin im Büro.«

Albert nickte und begann seine Runden über den Pausenhof zu drehen. Solch einen Lehrer hatte ich damals auch gehabt. Frau Kümmerer. Wir nannten sie immer den Adler, da sie ständig ihre Runden durch die Schule drehte, immer aus dem Nichts auftauchte und die Königin der Bestrafung gewesen war. Eine Welle von bittersüßen Erinnerungen an meine eigene Schulzeit überschwemmte mich, und ich vermisste die unbeschwerte Zeit von damals. Das Strahlen der Kinder, das fröhliche Lachen. Irgendwie berührte die Situation mein Herz, und ich wusste nicht, warum.

»Kommen Sie?« Der Schlüpfer war zum Schuleingang geeilt und sah sich suchend nach mir um.

»Verzeihung, ich komme.«

»Also, was kann ich für Sie tun?« Der Schlüpfer bot mir einen freien Stuhl an. Ich kannte Sammler, wir Bibliothekare gehörten zu dieser Gattung, aber der Schlüpfer übertraf so einige meiner Kolleginnen und Kollegen. Die Fensterbank, der Schreibtisch, die Regale, der Boden, der Besprechungstisch. Alles war mit Akten, Zeitungen, Gebasteltem und sonstigem Krimskrams vollgemüllt. Das hatte ich tatsächlich nicht erwartet.

»Nun … warum bin ich hier? Ach ja, richtig. Ich wollte mich nach unserem Kooperationsvertrag erkundigen, wie der Bearbeitungsstand ist. Und ich wollte mich erkundigen, wie es Ihnen geht.«

»Wie es mir geht?« Sie wirkte verwirrt. »Mir geht es gut, warum fragen … oh, ich verstehe.« Ihre Miene versteinerte.

»Ich habe mir Sorgen um Sie gemacht. Das war ja ein ganz schön wütender Mob gestern. Als Bürgermeisterin hat man es wirklich nicht leicht. Sie haben meine Hochachtung, wirklich.«

»Sie sagten etwas von Kooperationsverträgen? Mit der vierten Klasse kommen wir bald vorbei, Verträge für die dritte und zweite Klasse liegen vor, fehlt nur noch die erste Klasse?«

»Richtig«, stimmte ich ihr zu. »Sagen Sie, hatten Sie es sich so vorgestellt, Bürgermeisterin zu sein? Ich hätte andere Erwartungen gehabt.«

Der Schlüpfer knirschte mit den Zähnen, und mit einem Mal fiel die harte Schale von ihr ab. »Nein, so hatte ich mir das nicht vorgestellt. Ich hatte mir überhaupt nichts vorgestellt. Ich bin Lehrerin und keine Bürgermeisterin. Sie waren sicherlich auch bei der Gemeinderatssitzung und haben gesehen, wer meine Konkurrenz war. Entweder wäre es diese verrückte Pötzsch geworden oder dieser kleine Mussolini Krupp. Goldthal ist mir wichtig, und dies gilt es zu schützen. Mich aufstellen zu lassen war die einzige Möglichkeit, diese Stadt vor noch mehr Schaden zu bewahren.«

»Das war sehr nobel von Ihnen.«

»Ich bin einfach zu gut für diese Welt.« Der Schlüpfer massierte sich den Nasenrücken. »Keine Ahnung, was sich Behringer dabei gedacht hat, diesen Mann umzubringen. Und wer muss die Suppe nun auslöffeln? Ja genau, ich.«

Wie man sich bettet, so liegt man. So hieß es doch im Volksmund?

Ich lehnte mich nach vorne. »Kannten Sie den Toten?«

Der Schlüpfer sah mich kurz überrascht an. »Ich habe ihn nur zwei- oder dreimal getroffen. Sagen wir mal so, eine Wurzelbehandlung ohne Betäubung ist angenehmer.«

Sie schien also kein Fan gewesen zu sein. Noch eine mehr auf der Liste. »Und was halten Sie persönlich von der Ausgrabung hier im Ort? Die sorgt hier ja für eine bombige Stimmung.«

»Eine archäologische Ausgrabungsstätte ist eine wundervolle Situation für unsere tolle Gemeinde. Ich hätte mit meinen Klassen gerne einige Expeditionen dorthin unternommen, aber Kleinwächter war partout nicht dafür zu gewinnen.«

Ein lauter Gong hallte durchs Gebäude. »Wie Sie hören können, ist die Pause nun vorbei, und ich habe zu tun. Zeit, um diese kleine Befragungsrunde zu beenden. Es wird das Beste sein, wenn wir uns zukünftig nur noch per Terminvergabe begegnen. Auf Wiedersehen, Frau Fuchs.«

Das lief anders als erwartet, und ich hatte eine neue beste Freundin gefunden. Aber das Gute an diesem Gespräch war, dass ich den Schlüpfer nun auf meiner Verdächtigenliste weiter nach hinten setzen konnte. Dass sie am Ende nicht geheult hatte, war ein Wunder.

Meine Liste mit Verdächtigen war im Moment noch sehr klein und überschaubar: Behringer, sie hatte ein Motiv und war für alle die Hauptverdächtige. Nur nicht für mich.

Nothdurft-Schlüpfer hatte ein Motiv und war nun die neue Bürgermeisterin. Aber nach ihrer letzten Performance glaubte ich nicht an sie als Täterin. Wir hatten es vielleicht mit einem dritten, bisher unbekannten Verdächtigen zu tun. Na super, warum konnte der Fall nicht noch komplizierter werden?

Ich fuhr die Straße zu unserem Grundstück hoch und ließ den Blick über die schneebedeckten Wiesen und den angrenzenden Wald wandern. Wir hatten wirklich Glück, in solch einem Paradies zu leben.

Nanu, was war das dahinten? Ich konnte etwas Weißes, Dickes an der Grenze zum Wald ausmachen. War das etwa … nein, das konnte doch nicht sein. Doch, tatsächlich, ich konnte Rosner, Marlies' Liebsten, erkennen. Er hatte seinen

Astralkörper in einen hellen Anzug gepresst und watschelte am Waldrand umher, der Blick suchend herumgeisternd. Komischer Vogel.

Ich schüttelte nur den Kopf und bog in den Weg nach Hause ein. Tom würde heute sicherlich wieder spät heimkommen. Die Ermittlungen hielten ihn sehr auf Trab, was ich gar nicht verstehen konnte, es gab kaum Beweise. Oder eben Beweise, von denen ich nichts wissen durfte. Aber ich konnte es verstehen. Es war ein Ermittlungsfall auf politischer Ebene, da gab es kein Trödeln oder Ausruhen. Das war gut, wir kamen uns daher nicht so oft in die Quere. Tom verbrachte viel Zeit in Ulm, um den Hintergrund von Kleinwächter abzugrasen und zu prüfen, ob es nicht noch von anderen Seiten aus Verdächtige gab.

Ich parkte mein Auto vor dem Haus und wollte noch kurz zu Tante Marlies gehen und schauen, ob alles in Ordnung war.

»Tantchen?« Ich steckte meinen Kopf in ihr Wohnzimmer. Marlies saß mit ihrem Strickzeug in ihrem Sessel. Sie hob den Kopf und arbeitete weiter, ohne einen Blick auf ihr Strickzeug zu werfen.

»Hallo, Dora-Schätzle, i han grad a Kann Winterflamme aufgsetzt, willsch au oina? Und Guadsle.«

In einem Affenzahn strickte sie weiter und nickte mit dem Kinn zur Teekanne auf dem Tisch. Ich hatte nicht die leiseste Ahnung, wie Tante Marlies das hinbekam. Und zu Tee und Guadsle sagte ich nie Nein. Ich zog meine Jacke aus und nahm auf der Couch in ihrer Nähe Platz, gefolgt von einem Griff in die Keksdose. In letzter Zeit hatte ich vermehrt Heißhunger auf etwas Süßes, da kamen die Guadsle von Marlies genau richtig.

Ich wusste nicht, warum, und auch nicht, wie sie das alles schaffte, aber jedes Jahr in der Adventszeit stand sie eine Ewigkeit in der Küche und backte mindestens zwölf verschiedene Sorten Guadsle, die sie dann an Freunde und Bekannte verschenkte.

»Wie kommsch mit deine Ermittlunga voran? Dr Tom lässt ja ned wirklich was raus, des isch zum Mäusemelken!«

Ich biss die Spitze von einem Vanillekipferl ab, die waren einfach so gut. »Mir erzählt er auch kaum was und behindert mich in den Ermittlungen massiv. Wie soll man so richtig arbeiten können?«

»Früher wollt er scho ed sei Spielzeig teile, furchtbar. Man kennd en für ois von dene schwierige Einzelkinder halta.« Tante Marlies schüttelte sich, und wir kicherten beide.

»Ich habe deinen Verehrer gerade am Waldrand rumschleichen sehen. Was tut er denn da?«

Tante Marlies errötete und kicherte noch mehr. »Des isch ed mei Verehrer, des isch lang her. Mir send nur guade Freind.«

Ich zog eine Augenbraue hoch. »Und deshalb kommt er dich nach so langer Zeit besuchen, und in dir tobt der fünfte Frühling? Aber natürlich, du hast recht, ihr seid nur alte Freunde.«

»A wa, dei Spürnäsle führt di dahana in d' falsche Richtung. Oddo isch glernter Zimmermann und had danach als Restaurator gschafft. Wenn i's no richtig woiß. Ab und zu god er no in dr Wald und sucht Holz zum Schnitza. Den Kerzahalter ...« Sie deutete mit ihrem Strickzeug auf einen Teelichthalter auf dem Fensterrahmen, der aus kleinen Holzstücken geschnitzt worden war. Die brennenden Teelichter flackerten sachte vor sich hin und her und spiegelten sich im Fensterglas und bildeten damit einen wunderschönen Kontrast zum Abendhimmel. »Den hod er mir vorbeibracht, schee, gell?«

»Ja, sehr schön«, sagte ich und schob mir ein weiteres Guadsle in den Mund, musste jedoch feststellen, dass mir bereits übel war und ich dringend eine Pause einlegen sollte.

»Ah, bevor i's vergess, i han da ebbes für di.« Tante Marlies strickte die letzte Reihe fertig und legte das Etwas, an dem sie strickte, in ein kleines Körbchen. Sie eilte zum gegenüberliegenden Büfett und zog eine Schublade auf. »I war heit in diesem Gockel unterwegs und han ebbes gfunda.«

Ich musste ein aufkommendes Lachen unterdrücken. »Du meinst Google? Ich wusste gar nicht, dass du eine Internetnutzerin bist?«

Tante Marlies setzte ein siegessicheres Lächeln auf.

»I bin emmer für Überraschunga zu han. Und wenn i euch meine ganze Geheimnisse erzähla dät, wär's ja langweilig.« Sie setzte sich wieder in ihren Sessel und reichte mir einen Ausdruck.

Er zeigte ein Bild von einem Trupp von Archäologen, die lachend Fundstücke in die Kamera hielten. Sie wirkten sehr zufrieden mit ihrer Ausbeute. Ganz vorne war eine zierliche Frau in Indiana-Jones-Kluft abgebildet, die darin zu ertrinken schien. Ihr rotes Haar reichte ihr bis zu den Schultern, und das strenge Gesicht wirkte fast entspannt. »Dr. Eva Schönborn und ihr Team bei den alemannischen Ausgrabungen in Liechtenstein« lautete die Bildunterschrift.

Beim Anblick von Schönborn blieb mir fast das Herz stehen. »Was ist das?«

»I wollt mehr über diesen Kleinwächter erfahren, vom Tom erfährt mr ja so gar nix. Und bei meine Rechercha bin i auf des Bildle gstoßa.«

»Gut gemacht«, lobte ich Tante Marlies. Es war mehr als interessant, dass der Tote nirgends auf dem Foto zu sehen war.

Von henda wie a Elfa, von vorne Viertel vor zwölfe

»Kunstgalerie Kamps? Bist du unter die Kunstinteressierten gegangen?«

Luis hatte sich von hinten an mich herangeschlichen und warf einen neugierigen Blick über meine Schulter.

»Himmel noch mal, wo kommst du denn so plötzlich her?« Ich wusste nicht, warum, aber seit einiger Zeit war ich so schreckhaft und wurde das Gefühl nicht los, meine Kollegen machten sich einen Spaß daraus, mich zu »überraschen«. Wie aus dem Nichts tauchten sie neben mir auf oder schlichen sich von hinten an.

Mein Kollege deutete mit seinem Zeigefinger auf mein Suchergebnis und ignorierte meine Frage.

»Eine Freundin von mir ist Street-Art-Künstlerin und um Längen besser als diese Schickimicki-Künstler. Die sind teuer und ihre Bilder hässlich. Wenn du magst, vermittle ich dir gerne den Kontakt zu meiner Freundin?«

Ich lächelte Luis an. »Vielen Dank, ich komme gerne darauf zurück. Die Galerie ist tatsächlich rein geschäftlicher Natur.«

Er zog die Augenbrauen hoch. »Ich verstehe, du bist wieder am Recherchieren. Kann ich dir behilflich sein? Brauchst du vielleicht einen Spion oder Bodyguard?«

Für einen kurzen Moment fragte ich mich, wo sein Interesse an meinen Ermittlungen herrührte. Bis der Groschen fiel. Luis wollte vermutlich bei Jonas sein. Süß.

»Jonas kann mich heute nicht unterstützen, er muss seine Oma Lotte zum Arzt begleiten. Ich kann deine Hilfe also sehr gut gebrauchen.« Ich kam mir wie eine Spaßbremse vor, als ich meinem Kollegen die Nachricht überbringen musste.

Luis wirkte im ersten Moment etwas enttäuscht, schmunzelte mich dann aber an. »Na klar, wie kann ich dir helfen?«

»Noch mal für mein Verständnis: Das ist die Galerie von Kleinwächters Ex-Frau? Wir stalken sie und geben uns als Kunstinteressierte aus, um an Informationen von ihr zu gelangen?« Luis hatte seine Hände in seiner Jackentasche verstaut und deutete mit einer Kopfbewegung auf die beleuchteten Schaufenster der Galerie.

»Schön, du lernst schnell. Los geht's.« Ich hatte im Internet herausgefunden, dass die Ex-Frau von Kleinwächter, Stefanie Kamps, in Schwäbisch Gmünd eine kleine Galerie besaß. Und da der Ort nicht weit von Goldthal entfernt lag, hatten wir uns nach dem Feierabend auf den Weg dorthin begeben. Ich war sehr gespannt darauf, Kamps zu treffen und zu sehen, welcher Typ Mensch sie war. Und welche Informationen wir aus ihr herauskitzeln konnten.

Luis nickte mir zu. »Interessant. Ich hatte mich schon gefragt, wie das bei euch so abläuft. Und was machen wir, wenn Kamps uns keine Informationen geben will? Stürzen wir uns auf sie, fesseln sie und zwingen sie dazu, uns alles zu verraten?«

Ich musste lachen. »Du schaust eindeutig zu viele Actionfilme aus Hollywood. Wir versuchen, ihr so unauffällig wie möglich Informationen zu entlocken. Manchmal klappt es und dann mal eher weniger.«

Wir betraten die Galerie, die sehr minimalistisch eingerichtet war. Außer den an den Wänden hängenden Bildern in verschiedenen Größen und einem Empfangstresen gab es hier nichts.

Luis und mich ausgenommen befand sich nur eine weitere Person im Raum, das musste Stefanie Kamps sein. Sie hatte uns den Rücken zugedreht und war dabei, ein Bild neu auszurichten. Mit unserem Eintreten hatte das Glöckchen über der Tür unsere Ankunft verraten.

Kamps drehte sich zu uns um und hieß uns willkommen. Ich musste zugeben, ich hatte eine etwas andere Vorstellung von ihr gehabt. Keine Ahnung, was genau ich erwartet hatte, aber bei solch einem Casanova hätte es mich nicht überrascht, eine Heidi Klum vorzufinden. Kamps dagegen war mit weiblichen Kurven gesegnet, dunklen Haaren und Augen. Und diese Ausstrahlung, sie musste eine Powerfrau sein. Ich fragte mich ernsthaft, wie Kleinwächter an sie geraten war.

»Herzlich willkommen, wie kann ich Ihnen helfen?« Sie legte Hammer und Nägel auf ihren Tresen und kam zu uns.

Luis, der ganz hibbelig neben mir stand, antwortete: »Wir sind zwei kunstinteressierte Menschen und durch Zufall hier gelandet. Wir suchen ein neues Bild für unsere Büroräume.«

Kamps schmunzelte. »Ich glaube nicht an Zufälle, freue mich jedoch über Ihren Besuch. Haben Sie an etwas Bestimmtes gedacht?«

Ich war recht leidenschaftslos, was Kunst anging, was sicherlich kein guter Einstiegssatz für unser Vorhaben war.

»Wir sind da offen, überraschen Sie uns gerne«, antwortete ich.

»Dann kommen Sie mal mit, ich führe Sie herum. Wir finden sicherlich etwas, das Ihnen gefällt.« Wir folgten Kamps durch ihre kleine feine Galerie, die sie uns voller Stolz präsentierte.

»Ich habe mich auf junge und unveröffentlichte Künstlerinnen und Künstler aus der Region spezialisiert. Ich liebe es, neue Talente zu entdecken«, verkündete sie und deutete auf ein Bild, das links von uns an der Wand hing. Es war einfach nur ein Blatt Papier mit einem blauen Farbklecks in der Mitte. Das sah eher wie ein Unfall als wie Kunst aus.

»Ich kenne da jemanden, der wäre sicherlich etwas für Ihre Galerie. Eine tolle Street-Art-Künstlerin.« Luis grinste Kamps an.

»Das ist sehr … nett von Ihnen.« Sie ging nicht weiter

darauf ein und führte ihren Monolog über die verschiedenen Künstler, die hier hingen, weiter.

Ich hörte ihr nur mit halbem Ohr zu und suchte mit meinen Augen den Raum ab. Bis mir ein Gemälde ins Auge sprang und mich nicht mehr losließ. Ohne auf die beiden zu achten, entfernte ich mich und stellte mich vor das Kunstobjekt.

Ich konnte mir nicht helfen, aber dieses Bild … Ich hätte schwören können, dass ich es schon einmal gesehen hatte. Aber wenn ich den Preis betrachtete, bei dem es mir den Magen umdrehte, war ich mir da nicht mehr so sicher.

»Gefällt es Ihnen? Das Bild stammt von dem Ausnahmetalent Thorben Hecht.« Kamps schien ein Geschäft zu wittern.

»Ja«, log ich und betrachtete das Bild noch einmal. Dieses Blau, das sich experimentell mit Gelb mischte und irgendetwas darstellen sollte. Hätte auch ein Kunstwerk aus dem Kindergarten sein können. Aber da mein Kunstverständnis so groß wie eine Erbse war, war meine Meinung vielleicht nicht so bedeutend.

»Darf ich fragen, wie Sie an dieses Bild gekommen sind?«

»Ein langjähriger Kunde hat es mir vor wenigen Tagen zukommen lassen. Er beliefert mich schon seit einigen Jahren mit Kostbarkeiten. Dank ihm hatte ich hier wirklich schon einige Schätze hängen. Mehr kann und will ich jedoch nicht sagen. Sie verstehen.«

»Ich frage nur, weil mir dieses Bild sehr bekannt vorkommt. Ich habe es irgendwo in Goldthal schon einmal gesehen, kann mich im Moment aber nicht daran erinnern, wo.«

Luis' Gesicht hellte sich auf. »Stimmt, jetzt, wo du es sagst. Hängt das nicht im Rathaus?«

Das konnte nicht sein. Wie sollte ein Bild von Goldthal hier … Moment einmal. War vielleicht ihr Ex-Mann dieser Kunde, der sie mit diesen Gemälden versorgte?

»Goldthal, ich verstehe.« Kamps betrachtete Luis und mich und verzog dabei das Gesicht.

Sie verschränkte die Arme vor der Brust und setzte einen geschäftsmäßigen Ton auf. »Was wollen Sie wissen?«

»Wir sind ja schneller aufgeflogen als gedacht«, raunte Luis mir zu.

Dem konnte ich nichts entgegensetzen. Ich tat das Beste, was mir einfiel, und stellte mich dumm.

»Ich weiß leider nicht, was Sie meinen.« Das war zwar sehr lahm als Ausrede, aber vielleicht glaubte sie mir ja?

»Wie gesagt, ich glaube nicht an Zufälle. Sie kommen aus Goldthal, dem Ort, an dem mein Ex-Mann ums Leben gekommen ist. Natürlich wollen Sie etwas von mir wissen, warum wären Sie sonst hier?«

Mein Gehirn wollte mir auf die Schnelle keine plausible Ausrede präsentieren, also half nur die Wahrheit.

»Und halten Sie mich nicht für eine Närrin, die Zeiten liegen hinter mir.«

»Ich bin Dora Fuchs, und das ist mein Kollege Luis Keppler. Wir sind von der Bücherei aus Goldthal.«

»Bücherei? Warum sollten Sie sich für den Tod meines Ex-Mannes interessieren?«

»Wir sind an der Wahrheit interessiert«, sagte Luis.

Sie gab ein kurzes Lachen von sich, aber es lag keine Freude darin. »Eine Wahrheit hat immer zwei Gesichter. Für welche Wahrheit interessieren Sie sich? Dafür, wie mein Ex-Mann mich jahrelang betrogen und mich zum Narren gehalten hat? Dafür, wie er seine Arbeiten fälschte, sich Ausgrabungen erschlichen hat?«

Die Beziehung mit Kleinwächter musste sie ziemlich geprägt haben. Ihr Eheleben war nichts weiter als eine große fette Lüge gewesen. Sie tat mir leid. Fast.

Ich war aus einem bestimmten Grund hier, und auf diesen musste ich mich konzentrieren.

»Sie können uns doch sicherlich etwas über Ihren Mann erzählen. Hatte er Feinde? Jemand, der noch eine Rechnung mit ihm offen hatte?«

»Finden Sie lieber jemanden, den er nicht gegen sich aufgebracht hatte. Warum interessieren Sie sich für diesen Fall? Sie sind doch nur Bibliothekare?«

Gutes Argument. Kamps war eine Freundin der Wahrheit, ich sollte sie besser nicht anlügen.

»Eine Freundin von uns wird unschuldigerweise beschuldigt, Kleinwächter ermordet zu haben.« Eine Korrektur der Wahrheit war sicherlich erlaubt.

Kamps schien mit sich zu ringen, gab sich dann geschlagen. »Wie kann ich helfen?«

Ich liebte es, wenn sich mein Gegenüber als kooperativ erwies. »Wann haben Sie Ihren Ex-Mann das letzte Mal gesehen?«

»Ist schon eine Weile her. Wenn es nicht sein musste, habe ich es vermieden.«

Verständlich. »Ich ermittle auch im Kunstfälscherfall, der seit einiger Zeit die Region auf Trab hält. Sie haben sicherlich schon davon gehört?« Ich hatte nicht den leisesten Schimmer, warum ich ihr davon erzählte.

»Ist mir flüchtig zu Ohren gekommen.« Sie verlagerte ihr Gewicht von einem Bein auf das andere.

Mehr nicht? Keine Reaktion auf diesen Skandal? Seltsam.

»Was haben Sie zum Todeszeitpunkt gemacht?«

»Mich mit meinen Kunstfälscherfreunden getroffen.«

Kamps musste die entsetzten Gesichter von Luis und mir gesehen haben und lachte. »Das war ein Scherz. Für was halten Sie mich eigentlich?«

Wollte Sie darauf wirklich eine Antwort?

»Ich war bei meinem Buchclub, wir treffen uns einmal pro Woche.«

»Interessant. Welches Buch lesen Sie aktuell?«

»Als Bibliothekarin müssen Sie natürlich solch eine Frage stellen. Wir lesen im Moment ›Am Morgen, als die Schleiereule verschwand‹ von Alexandra Freibusch.«

Ich hatte noch nie von diesem Titel gehört, was ich schlecht zugeben konnte.

»Wie ist es für Sie in diesem Business?«

Kamps wählte ihre Worte mit Bedacht aus. »Es ist hart als Frau in der Kunstszene. Aber ich habe in den letzten Jahren gelernt, mich durchzusetzen.«

»Auch gegen Ihren Mann?«

»Ex-Mann, bitte schön«, korrigierte sie mich. »Was hält eigentlich die Polizei davon, dass Sie mich hier vernehmen?«

Tja, gute Frage, dachte ich mir und wollte die Antwort gar nicht erst wissen. Ich konnte Toms enttäuschtes Gesicht förmlich vor mir sehen.

»Als Angestellte der Stadtverwaltung habe ich denselben Verantwortungsbereich wie die örtliche Polizei.«

Ich dachte dabei an den Dorfbiddl. Und die Bitte von Behringer konnte man ja auslegen, wie man wollte. Ich überlegte mir ernsthaft, mir von Behringer einen Polizeistern oder eine Lizenz zum Ermitteln ausstellen zu lassen. Das würde meine Ermittlungen erheblich erleichtern.

»Ich hoffe, ich konnte Ihnen etwas behilflich sein. Sie entschuldigen mich, ich würde die Galerie gern schließen.«

Und damit hatte die Befragung von Kamps ein jähes Ende gefunden.

Meine heutige Erkenntnis: Kamps hatte die Ehe mit Kleinwächter noch nicht verarbeitet und trug einiges an aufgestauten Gefühlen mit sich herum. Und mir war vorhin aufgefallen, dass sie sehr geschickt mit Hammer und Nagel umgehen konnte. War das ausreichend für einen Mord an ihm?

Ich wusste nicht, was es war, aber der Fall war nicht koscher. Ganz und gar nicht.

Was, wenn Kamps uns gerade an der Nase herumgeführt und gelogen hatte? Um sich selbst zu schützen? Was, wenn sie und Kleinwächter eine erfolgreiche Version des deutschen Kunstfälscherpärchens Wolfgang und Helene Beltracchi waren? Was, wenn Kleinwächter aus Habgier oder Eifersucht sterben musste?

A halbr Balla isch glad nausgschmissas Geld

Der Fund von Tante Marlies hatte mich die halbe Nacht wach gehalten. Keine Ahnung, wie oft ich zum Handy gegriffen hatte, um irgendwas nachzuschauen. Im Gockel, wie das Tantchen es so schön nannte.

Das Gotthard Institut hatte einen exzellenten Ruf unter Archäologen, hatte einige brillante Köpfe beherbergt, Ausgrabungen geleitet, geforscht und gelehrt. Sehr beeindruckend. Und ich hatte mehr über diese Eva Schönborn in Erfahrung bringen wollen, aber die Informationen waren sehr spärlich gewesen, was sie nur noch interessanter für mich machte. Der wenige Schlaf hatte sich heute auf der Arbeit gerächt.

Luis war, wie unsere Kollegin Annika, eine Quelle an Ideen und Tatendrang und trieb sich selbst immer am meisten an. Er hatte mich am Morgen mit einer Idee überfallen, wie wir unseren Romanbereich noch besser und cooler zur Geltung bringen konnten. Sein Konzept hatte mich überzeugt, und ich gab ihm das Go, sich dort auszutoben. Was ich nicht bedacht hatte, waren die vielen Umräumarbeiten, die auf mich zukommen würden. Und das mit wenig Schlaf. Auf Unterstützung von Ulrike hatten wir vergeblich gewartet, vermutlich ging es der Psyche von Heinz-Rüdiger wieder schlecht.

Die Arbeit würde sich lohnen, wenn wir weitere, neue Kategorien im Romanbereich erschaffen hatten. Und ein Highlight würden die gelben Sessel aus unserer Kaffeeecke sein, die wir dort aufstellen wollten.

Aber wenn man wenig Schlaf und dazu wenig Muckis hatte, war man eher ein Hindernis als eine große Hilfe. Luis hatte das erkannt und mich in eine lange Mittagspause geschickt. Eine Pause, die ich dankend angenommen hatte. Irgendwie war ich in den letzten Tagen so schlapp und müde, ich konnte die Schließung zwischen Weihnachten und Neujahr kaum erwarten. Doch das war Zukunftsmusik und würde noch ein paar Tage dauern. Jetzt war erst einmal Weihnachtsmarkt mit Tom und Tante Marlies angesagt, und ich freute mich schon darauf, Zeit mit meinem Mann verbringen zu können. Ohne schlechte Stimmung, aber hoffentlich mit Ermittlungen.

Auf meinem Weg zum verabredeten Treffpunkt mit meiner Familie konnte ich die kleine Romina aus der Bäckerei erkennen, wie sie an einer geschützten Straßenecke im Schnee saß und Schneemännchen baute. Und ich konnte den kleinen Simon Hartmann, Sohn des örtlichen Lebensmittelhändlers erkennen, wie er sich zu ihr setzte und mitmachte. Es waren zum Glück nicht alle so verbohrt wie diese alte Krähe in der Bäckerei. Allein das ausgelassene Lachen der beiden war Beweis genug. Herkunft, Religion, Geschlecht, Aussehen, das alles spielt keine Rolle, es zählt nur das, was in einem steckt.

»Entschuldigt bitte«, begrüßte ich die beiden, die schon am Eingang zum Weihnachtsmarkt auf mich warteten. Der Weihnachtsmarkt stand an der gleichen Stelle wie unser wöchentlicher Markt und war festlich hergerichtet worden. Und erst der Duft, der in dicken Wolken durch die Luft strömte. Das Bienenwachs der Kerzen, heiße Maronen, gebrannte Mandeln und Punsch.

»Hauptsach, du bisch jetzt da«, sagte Tante Marlies, hakte sich bei mir unter und rieb kräftig an meinen Fingern, die schon ganz steif waren von der Kälte.

»Ich habe wohl mal wieder meine Handschuhe vergessen.«

»Zum Glück hast du einen Mann, der dich kennt.« Tom reichte mir meine Ersatzhandschuhe und gab mir zur Begrüßung einen Kuss.

»Welch ein Glück, dass ich dich habe«, erwiderte ich und

strich ihm sanft über die Wange. Ich freute mich, ihn zu sehen, und konnte mich kaum daran erinnern, wann wir das letzte Mal einen Abend nur für uns beide gehabt hatten.

»Marlies, Marlies!«

»Ojemine, der Pfarrer«, murmelte Tom. »Wenn der erst mal anfängt zu quatschen, hört der nicht mehr so schnell auf.«

»Thomas, also wirklich! Reiß di a bissle am Riema, du sprichsch von em Diener von unserem lieben Herrn, also mehr Respekt«, mahnte Tante Marlies. »I dacht, du wärsch besser erzoga wora. Erinner mi dran, dei Muddr anzurufen, die bekommt was zum Höra. Dr Herr Pfarrer, was für a Freid.« Tante Marlies setzte ein Strahlen auf. »Sind Se zufrieda mit dem Weihnachtsmarkt?«

Der Pfarrer hatte sich zu uns gesellt und nickte uns der Reihe nach zu. »Zum Gruße, meine Schäfla.« Er erinnerte mich an Bruder Tuck mit seinem Haarkranz und der Halbglatze. Dazu die gläsernen Augen und die rote Nase. Es schien so, als hätte da wieder jemand ausgiebig vom Messwein genascht, um sich gegen die Kälte zu wappnen.

»Nadierlich, i bin mehr als zfrieda. Älles läuft spitze. Mit dem ganza Geld kenna mr unsere Missionsstation in Indien unterstütza. Isch des ed a super Sach?« Er hickste und hielt sich eine Hand vor den Mund.

»Kommt mir bekannt vor, passiert mir auch immer bei Wein.« Ohne groß nachgedacht zu haben, war mir das so herausgerutscht. Tante Marlies gab mir einen Klaps auf meine Hände, und Tom schlug sich gegen die Stirn. Die beiden kannten mich doch, mein Mund war meist schneller als mein Gehirn.

»Was hasch gsagt?«, erkundigte sich der Pfarrer und schielte mich an. Zum Glück hatte er wohl ordentlich vom Wein probiert.

»Ich gehe uns mal kurz was zu trinken besorgen. Tantchen, Glühwein? Und für Sie, Herr Pfarrer?«

Der Pfarrer hob abwehrend seine Hände. »Des isch aber lieb, Bruder Thomas, aber noi danke, i bin im Auftrag unsres Herrn unterwegs.« Der Pfarrer legte den Kopf in den Nacken und sah in den Himmel hinauf.

Tante Marlies warf mir einen kurzen warnenden Blick zu, und ich schluckte den Kommentar, der mir auf der Zunge lag, hinunter.

»Und für dich, mein Schatz?«

»Glühwein … mhm, nein, lieber Punsch. Oh, noch besser heiße Schokolade!« Der Pfarrer erzählte in einem monotonen Monolog von seinen Plänen für die Weihnachtsmesse, und ich hatte noch nie etwas Langweiligeres gehört. Selbst die Vorlesungen zum Bibliotheksrecht waren spannender gewesen als das hier. Tom war zum Glück recht schnell zurück, sodass ich mein Gähnen hinter meiner Tasse verbergen konnte.

»Es gab nur noch Punsch.« Er reichte uns die mitgebrachten Tassen.

Ich brauchte dringend ein neues Thema, oder ich würde einen Verzweiflungsschrei von mir geben. »Was machen die ganzen Polizisten eigentlich hier? Gab es etwa schon wieder einen Mord?«

Mit einem Mal herrschte Stille. Alle drei sahen mich an. Tante Marlies entsetzt, Tom überrascht, und der Blick des Pfarrers war nicht zu deuten, bis er plötzlich zu glucksen begann.

»Schwester Theodora hat recht, gnug mit dem langweiliga Gequatsche.« Der Pfarrer hatte in Sekunden die Position mit Tante Marlies gewechselt und stand nun neben mir. »Schwester Erika von de Oier hat mir erzählt, dass die Polizei dieses Johr a strikts Alkoholverbot für dr Weihnachtsmarkt eingführt hat. Kann mr sich so ebes vorstellen?«

»Was?« Tante Marlies und ich sahen uns an. Nur Tom schwieg und starrte Löcher in die Luft, als würde ihn das alles gar nichts angehen.

»Freile.« Der Pfarrer rückte noch ein Stück näher, was für meinen Geschmack einen Schritt zu weit war. »Von ra Quelle, die ed gnannt wora will, woiß i, dass hier die neie Kampagne ›Koin Tropfa‹ eigführt wora soll. Also wenn Se mi fraged –«

»So, wir müssen nun weiter«, unterbrach Tom den Pfarrer, und das passte mir gar nicht. Endlich wurde es spannend. Und wenn der Pfarrer schon einmal sein Beichtgeheimnis brach und aus dem Nähkästchen plauderte, wollte ich gerne den Rest hören. Das war der spannende Teil dieses Weihnachtsmarktes!

»Wir müssen noch weiter, Herr Pfarrer, Ihnen noch einen schönen Tag.« So schnell konnten wir gar nicht schauen, wie Tom uns in die entgegengesetzte Richtung vom Pfarrer geschoben hatte. Mit einem Mal fanden wir uns bei den Fressbuden wieder, wo mir der Geruch von Würstchen und Rippchen in die Nase kroch.

»Also des war ja wirklich mehr als unhöflich«, blökte das Tantchen und war über den schnellen Ortswechsel so überrascht wie ich. »Ihr zwoi soldet eich wirklich schäma.«

Ich nickte nur, und Tom war mit seinen Gedanken ganz woanders.

Marlies blickte tief in ihre Tasse mit dem Punsch hinein. »En Weihnachtsmarkt ohne Glühwein. Des isch en Skandal. Des had's no nie gäba! Die Luft isch dahana immer so trocka, und die Kehl muss doch schee geölt sei. Des god doch ed mit Punsch.«

Tom warf einen Blick auf seine Armbanduhr. »Schon so spät, wie die Zeit vergeht. So, was wollt ihr essen?«

Marlies und ich warfen uns kurze Blicke zu. Sosehr wir ihn auch liebten, kauzig war er ja schon. Entweder war ihm die Situation gerade sehr unangenehm gewesen, dass Erika von den Eiern und der Pfarrer besser Bescheid gewusst hatten als er, oder er wusste noch mehr und wollte nicht, dass ich zu viel erfuhr.

Er hatte uns an einem der Stehtische geparkt und für Marlies Schupfnudeln mit Sauerkraut und Speck, für sich selbst einen Krustenbraten und für mich Waffeln mit heißen Kirschen, Puderzucker und Sahne besorgt. Soulfood, es gab nichts Besseres.

»Ja, Marlies, mei Blümle, was für a Freid, di zu seha!« Rosner war an unserem Tisch erschienen und küsste Marlies zur Begrüßung die Handfläche. Ein Kavalier der alten Schule.

»Ja, Oddo, was machsch en au du dahana?« Marlies kicherte.

»Na, i han nadierlich ghofft, di dahana zu seha. I woiß doch, wie du die Märktla so mogsch.«

»Ist das nicht putzig«, raunte ich Tom zu. »Hoffentlich sind wir in vierzig Jahren auch so süß.«

Tom biss von seinem Braten ab und knurrte: »Ich kann den Kerl nicht leiden. Mit dem ist irgendwas.«

»Ach, du siehst Gespenster«, tat ich seinen Einwand ab. Der Gute musste völlig überarbeitet sein. »Otto, wollen Sie mit uns essen?« Ich bot ihm eine angebissene Waffel an.

Mit einem Lachen lehnte er ab. »I han ghofft, ich könnt mei kloine Lilie auf en Spaziergang entführen.«

»Natürlich, wir passen solange auf das Essen auf.« Ich pikste eine der Schupfnudeln mit der Gabel auf, ich hatte nicht widerstehen können, sie rochen einfach zu gut.

»Woisch, was i grad aufgschnappt han? Bei eich soll's lauder Kunstfälschunga geba. A Sauerei isch des!«

»Ach, Oddo, i ka dir saga. Unser Goldthal isch oifach nemme des, was es mal war.«

Otto schüttelte den Kopf, als könnte er diesen Wandel von Goldthal nicht verstehen. »Halt, du bisch doch Polizist?« Er deutete mit seinem Finger auf Tom. »Hend ihr scho Neuigkeita von de Ermittlunga? Wär auf jeden Fall guad, a bissle a Beruhigung zu han.«

»Da kann i em Oddo nur zustimma. Geiz mit Informationen isch dahana fehl am Platz, Tom. Mir kenned dir sicherlich helfa.«

»Ach Tantchen, du weißt doch …«

Marlies hob beschwichtigend die Hände. »I mach mr doch nur Sorga um eire Sicherheit. I werd ned ewig dahana sei, um auf eich aufpassa zu könna. Du woisch doch, wenn 's Ührle abgloffa isch … Es wär mir scho a großa Erleichterung, zu wissa, dass eich nix passiert. Aber bei dera Kriminalität dahana kann mr ja gar ed ruhig bleiba.«

»Also gut«, seufzte Tom und bekam das triumphierende Grinsen von Marlies nicht mit. »Wir haben die Fälschungen dem Fälschungsexperten Robert Kammerer zur Prüfung vorgelegt. Mein Team und ich versuchen nun so, etwas in Erfahrung zu bringen. Bei meinen Recherchen bin ich auf einen Fall aus den Niederlanden gestoßen, wo man die Kunstfälscherin Doortje Smeets anhand der Farbauswahl überführen konnte.«

Marlies nickte. »Des hört sich doch nach nem guada Plan an. Wird wirklich Zeit, dass mr dene Leit des Handwerk legt. Was moinsch du, Oddo?«

Rosner lächelte sie an. »Freile. Vielleicht sollted mr unseren Doil dazu beitraga? Mr kenndet a Nachbarschaftswache gründa und uns auf d' Lauer lega. Was moinsch, Gänseblümle? Des wär doch wie früher. Woisch no den oina Sommer, wo mr zelda wared?«

»Des isch lang her«, unterbrach Marlies ihn und wurde knallrot im Gesicht.

»Das sind vertrauliche Informationen, und ich muss jetzt los.« Tom gab mir noch einen Abschiedskuss und verschwand mit seinem Braten. Holla die Waldfee, er schien diesen Otto wirklich nicht leiden zu können.

's kommt selda äbbas Bessrs noch

»Was für eine aufgeweckte Truppe«, seufzte Luis und ließ sich auf den Stuhl neben mir plumpsen. Er setzte seine Wasserflasche an und nahm einige große Schlucke. Er wirkte erschöpft, aber auch sehr zufrieden.

»Das hast du gut gemacht«, lobte ich ihn. Für seine erste Klassenführung war das wirklich gut. Sein Konzept stimmte, die Kinder mochten ihn, und er konnte selbst die Jungs dazu animieren, mitzumachen. Der Grundstock für weitere Besuche in der Bücherei war damit hoffentlich gelegt. Luis hatte wirklich ein Händchen für Kinder, und ich war wieder einmal glücklich darüber, ihn für unser kleines Team gewonnen zu haben. Durch seine Unterstützung würde ich mich zukünftig auf meine Lieblingszielgruppe, die Senioren, konzentrieren können.

Wenn nur Jonas endlich die Augen öffnen würde. Ich konnte die beiden schon vor mir sehen. Sie hielten sich eng umschlungen, standen vor einem netten Reihenhaus, zwei Kinder tobten um sie herum, und ein Papagei wäre im Spiel. Moment mal, woher kamen die Kinder auf einmal? Und der Papagei? Meine Phantasie nahm komische Dimensionen an, ich war wirklich urlaubsreif. Vögel konnte ich normalerweise nicht leiden.

»Chef, ich kann Ärger auf uns zurauschen sehen.« Von seinem entspannten Tonfall war nichts mehr übrig.

»Bist du Cassandra mit der Kristallkugel, oder woher weißt du, dass Ärger droht?«

Luis räusperte sich. Ein Blick zur Tür reichte vollkommen aus.

»Was für ein Saftladen ist das hier?« Ralf Hartmann hatte ein wutverzerrtes Gesicht und stürmte wie ein Stier auf Luis und mich zu. Ich konnte ein kleines Aufquieken von Luis vernehmen und war mir sicher, er hatte noch nicht so viel Kundenkontakt gehabt.

Jetzt war es an mir, deeskalierend einzugreifen.

»Herr Hartmann, was kann ich für Sie tun?«

Er ballte einen zerknitterten Zettel in seiner Hand, den er mir nun vor die Füße pfefferte. Friss oder stirb, so fühlte es sich an.

»Sie können aufhören, die Köpfe unserer Kinder mit solch einem Schrott vollzupumpen.«

»Ich verstehe nicht …« Ich hob den Zettel vom Boden auf. Es war eine Einverständniserklärung, die wir den Schülern vorab immer mitgaben. Hartmanns Sohn Johannes war heute dabei gewesen. In Gedanken ließ ich die Klassenführung kurz Revue passieren, konnte mich aber an kein Detail erinnern, wo etwas mit seinem Sohn gewesen sein könnte. »Ich verstehe nicht.«

»Ich fasse es nicht!« Er schlug mit der Faust auf die Verbuchungstheke.

Mein Gott, dieser Mann stand in Flammen, und das eine Deeskalationsseminar vor vier Jahren würde mich hier nicht weiterbringen.

»Vielleicht wollen Sie mir erklären, worum es geht, dann finden wir sicherlich gemeinsam eine Lösung.«

Er richtete anklagend seinen Finger auf mich. »Sie sind hier das Problem mit Ihren komischen Ansichten. Reden dem Johannes ein, es sei in Ordnung, mit diesem Gesindel zu spielen. Wer weiß, welche Krankheiten die haben. Ich zahle meine Steuergelder, damit Sie Ihre Arbeit erledigen, und nicht, damit Sie einen auf Mary Poppins machen.«

Und da dämmerte es mir, was er meinte. Wir hatten die Kinder in kleine Gruppen einteilen müssen, und sein Sohn war in derselben Gruppe wie der kleine Corvin gewesen. Mir kam das schon spanisch vor, als sich sein Sohn immer wieder abgewendet und betont hatte, nichts mit Corvin zu tun haben zu wollen. Meine innere Pädagogin hatte Besitz von mir ergriffen und diese Herausforderung lösen wollen. Johannes hatte mir keine wirkliche Begründung dafür liefern können, warum er ein Problem mit Corvin hatte. Ich hatte ihm erklärt, dass es vollkommen in Ordnung sei, mit Corvin zu spielen, dass wir alle gleich seien und beide einfach Spaß haben sollten. Nach anfänglichem Zögern hatte er eingewilligt und mit Corvin gespielt. Ich hatte die beiden beobachtet und sie lachen gesehen. Und mir dabei keine weiteren Gedanken gemacht.

»Ich sag es ja schon immer: Frauen gehören an den Herd. Wohin das führen kann, wenn das nicht der Fall ist, konnte man heute sehen.«

»Herr Hartmann, ich muss schon sagen –«

»Was verstehen Sie? Sie sind eine Mulattin. Die eine Krähe hackt der anderen kein Auge aus. Halten Sie sich zukünftig fern von meinen Kindern.« Hartmann drehte sich auf dem Absatz um und ließ mich so zurück. Noch ein Freund mehr auf meiner Liste.

»Ach, dr Ralf isch a alts Arschloch, denk dr nix dabei. Schätzle, ned dr Kopf hänga lassen.« Nach Hartmanns Auftritt hatte ich etwas früher Feierabend machen müssen. Ich war kein Mensch, der sich schnell in die Flucht schlagen ließ oder viel persönlich nahm, aber Hartmanns Worte hatten mich getroffen. Dieses frauenfeindliche Bild und dann … Mulattin. Als Jugendliche hatte man mich einmal so beschimpft, ich hatte damals nichts damit anfangen können und es erst einmal recherchieren müssen. Es war mir bis heute nicht klar, welche Rolle es spielte, welche Hautfarbe meine Eltern hatten.

Es sagte rein gar nichts über mich aus oder darüber, wer ich war.

Mulattin.

Es war wie ein Stempel, den man verpasst bekam, man fühlte sich dreckig, unrein, wertlos. Obwohl es dafür gar keinen Grund gab. Meine Anwesenheit war das Problem meines Gegenübers, nicht meins. Das redete man sich selbst jedes Mal zu, und doch hinterließ es einen bitteren Geschmack.

»Jetzt nimmsch en Schluck davon.« Marlies schob mir ein kleines Schnapsglas zu. »Der räumt richtig auf, versprocha.« Das war bestimmt wieder einer der Selbstgebrannten von Adelheid, die einem so einheizten, dass man seinen Namen nicht mehr wusste.

»Wirsch seha, dr spült dr Hartmann mit seinem bleda Gschwätz weg, weil mehr isch es ed. Müll. Und Müll ghört entsorgt. Und jetzt nunder damit!«

Ich hielt mir die Nase zu und versuchte das Gläschen in einem Zug zu leeren.

»Pah!« Das brannte wie Feuer, und in meinem Magen breitete sich sofort ein Flammenmeer aus. Der hatte es wirklich in sich. Aber er lenkte meine Gedanken ganz weit weg von Hartmann, und dafür war ich dem guten Tropfen dankbar.

»Super, Kätzle«, lobte mich Marlies. »Dieser beschissene Rassismus. Am liebschda dät i den Hartmann an sein'm Schnäbberle aufhänga. Na warte, wenn i dem sei Muddr in dr Bank seh, die ka was erleba!« Voller Wut schlug sie auf ihren Teig ein, dass ein Teil der Rosinen wild durch die Luft flog. Man musste sie einfach lieben.

»Was genau verprügelst du da eigentlich?«

»Also Schätzle, des isch doch offasichtlich. En Weihnachtsstollen.«

Tja … ich sah einen Teigklumpen und Rosinen … »Und wann sollen wir den noch essen?« Ich dachte an die vielen Plätzchen um uns herum, und noch mehr essen konnte ich wirklich nicht.

»Der isch doch ned für uns, Dummerle.« Sie warf mir einen

kurzen Blick zu, griff mit ihren Händen, an denen Teig klebte, nach meinem Schnapsglas und roch daran. »Vielleicht isch dr doch a weng stark gwesa.« Marlies zuckte kurz mit den Achseln. »Dr isch nadierlich für d' Familie Antonescu. Die brauched jetzt unsren Support.« Tante Marlies wusste, was ein Support war. Ich lernte heute wirklich noch einiges dazu.

»Warum nutzt du nicht den Thermomix, den wir dir zum Geburtstag geschenkt haben. Damit geht es doch viel leichter.«

Marlies verzog das Gesicht zu einer Schnute. »So a neimodisch Klumpf braucht nur Platz und Strom. Spara muss mr.«

Sie griff zu der Rumflasche und goss mehrere Schlückchen auf den Teig.

»Und was genau soll das geben?«, fragte ich besonders intelligent nach.

»Na, dr Stolla soll doch nach ebbes schmecka.«

»Sind die Rosinen nicht schon voller Rum? Da essen doch Kinder mit, das geht doch nicht.«

Marlies machte eine abwehrende Handbewegung. »Ach, du wieder. Dr Alkohol vrgod doch beim Backen. Außerdem hend des mei Uroma, Oma, Mutter und i au immer so gmacht. Und aus uns isch älle was wora. Oder denksch du andersch?«

Ich biss mir auf die Lippen und schüttelte den Kopf. Ich würde mich hüten und etwas anderes behaupten.

»Musst du schon los?«, fragte ich und nahm einen Schluck Tee. Hartmann und Adelheids Heiliger Geist hatten es doch ganz schön in sich gehabt. Ich war fertig gewesen und früh zu Bett gegangen, wo ich immer noch lag. Und das Gefühl hatte, einen Marathon hinter mir zu haben.

Tom hatte mich überrascht und mir Frühstück ans Bett gebracht. Croissant, Marmelade, Tee. Und die heutige Zeitung. Es gab durchaus schlechtere Bedingungen, in den Tag zu starten.

»Leider, ich ertrinke fast in Papierkram.« Er gab mir einen Kuss auf die Lippen. Dann noch einen und noch einen …

»Jetzt muss ich aber los, und dabei würde ich viel lieber bei dir bleiben.« Ein letzter Kuss und dann war er weg. Ich seufzte und ließ mich tief in die Kissen sinken. Noch ein paar Minuten und dann würde ich mich in den Tag stürzen müssen. Es half ja nichts.

»Fuchs, nicht wahr?« Dettmann stand in ihrem Indiana-Jones-Outfit vor mir und war von Kopf bis Fuß mit Dreck bedeckt. Sie versuchte, sich mit einem feuchten Handtuch den Schlamm aus dem Gesicht zu wischen.

»Was ist mit Ihnen passiert? Mussten Sie durch ein Schlammbad robben?« Ich versuchte mich an einem zaghaften Lachen, was ich mir nach einem Blick in Dettmanns Gesicht versagte.

»Hören Sie mir auf, ich wünschte, es wäre das Schlammbad gewesen. Ich befinde mich hier bei der Bundeswehr.«

»Ach du meine Güte, was ist denn los. Darf ich?« Ich zeigte auf ihre linke Schläfe, an der ein großer Dreckklumpen klebte. Sie nickte, und ich zog ihn ihr sanft aus ihrem Haaransatz raus.

»Die neue Archäologin hat heute angefangen und lässt keinen Stein auf dem anderen. So eine Korinthenkackerin.«

Ich musste prusten. »Also Dettmann!«

Sie zuckte mit den Schultern. »Ist doch wahr.«

»Ich kann mich nicht erinnern, dass Sie für einen Kaffeeklatsch eingestellt wurden. Sie etwa?«

»Nein, natürlich nicht.« Dettmann zog eine Fresse, die nur ich sehen konnte. »Frau Fuchs, darf ich Ihnen Professor Dr. Schönborn vorstellen? Sie leitet ab sofort die Ausgrabungen.«

Und da stand sie vor mir. Live, in Farbe und eingehüllt in ein Indiana-Jones-Outfit.

Oh. Mein. Gott.

In was für einem Streifen war ich denn jetzt gelandet? Ich war fest davon ausgegangen, dass wir uns nie wiedersehen würden.

»Sie schon wieder!« Ungläubig starrte sie mich an. »Ich wusste es doch. Auf der Fachtagung haben Sie wohl nicht alle Informationen erhalten, die Sie brauchen. Also, welche Funktion haben Sie? Das Gotthard Institut hat letzte Woche eine Mitteilung an die Presse versendet, dadurch sollten Ihre Fragen beantwortet sein.« Sie stand direkt vor mir, und ich musste zweimal blinzeln. Zu nahe. Brrr, mich schüttelte es.

Sie hinkte und zog das Bein ein bisschen nach. Ob das ein Unfall auf einer ihrer vielen Expeditionen gewesen war? Das war mir bei unserer ersten Begegnung nicht aufgefallen. Als sie meinen Blick auf das Bein bemerkte, legte sie schützend eine Hand auf den Oberschenkel und sah mich erwartungsvoll an.

»Nein, nein, keine Presse. Ich leite die örtliche Bücherei und hatte gehofft, ich könnte mir hier und da etwas für unsere begleitende Medienausstellung abschauen. Es sollte ja so authentisch wie möglich sein. Daher auch der Besuch auf der Fachtagung.«

»Bücherei?« Schönborn rümpfte die Nase. »Noch schlimmer, die sind so schrecklich langweilig.«

She said what? Empört reckte ich das Kinn.

»Wie Sie sehen können, versuchen wir hier zu arbeiten. Damit sollten Sie es ebenfalls probieren. Dettmann, jetzt aber zügig, die Artefakte reinigen sich nicht von allein.«

Ohne weitere Worte wurde ich aus dem Zelt geschmissen und blickte nun dumm aus der Wäsche.

Rodwei drenga, langsam soicha, senn dia erschde Alderszoicha!

»Hend ihr schon des Neieschde ghört?«

»Noi, was isch scho wieder passiert?« Monika hatte ihre Augen weit aufgerissen und lehnte sich vor, um ja nichts zu verpassen.

Jutta legte den Kopf in den Nacken. »Die Schafseggl hend doch wirklich koin Anstand. Jetzt hend se schon in unsrer Kirch eibrocha und des Bild von unsrer Madonna gstohla!«

»Woher weißt du das? In der Zeitung stand nichts davon.« Adelheid rutschte bis zur Stuhlkante vor.

»Ha, vom Floischer nadierlich. Und der had's von seiner Frau«, erklärte Jutta.

»Das ist ja wirklich ein Skandal. Was wusste der Fleischer noch zu berichten?«

»Die Polizei god davon aus, 'nen wichtigen Hinweis gfunda zu han«, erklärte Jutta.

»Zwei links, zwei rechts, des isch doch ganz oifach! Mensch, Bettina, man könnt grad moina, du machsch dess zum ersten Mal. Und Jutta, weniger schwetza, mehr schaffa.«

Tante Marlies gab einen frustrierten Seufzer von sich und pfefferte ihr Strickzeug auf ihren Stuhl. Die restlichen Damen vom örtlichen Strickverein warfen sich vielsagende Blicke zu und begannen aufgeregt miteinander zu tuscheln, kaum hatte Marlies den Stuhlkreis, in dem alle saßen, verlassen.

Ich hatte es geschafft, die Damen dazu zu bringen, ihr wöchentliches Stricktreffen in die Bücherei zu verlagern. Das hatte mir Kundschaft beschert, und das Netzwerk der Damen hatte mir weitere Kunden eingebracht. Vorbei waren die Zeiten der leeren Bücherei, was aber auch bedeutete, dass die Zeiten der ungestörten Ermittlungen vorbei waren.

Ich hatte mich heute zu den Damen gesetzt, wieder den Tratsch- und Klatschgeschichten gelauscht und las mir dabei die Inhaltsangaben von Kochbüchern und Hauswirtschaftsbüchern durch. Ich wollte versuchen, den Fokus in eine neue Richtung zu lenken. Do it yourself. Brot backen, Clean Eating, selbst nähen et cetera. Ich hatte gar nicht mitbekommen, was das Tantchen so auf die Palme gebracht hatte.

Adelheid schüttelte den Kopf und hatte ihre dünnen Lippen missbilligend verzogen. »Seit Tagen ist die schon so drauf wie das Messer. Furchtbar.«

Ich legte meine Unterlagen auf den Tisch. »Vielleicht sollte man bei Marlies nachfragen, was mit ihr los ist, anstatt hier zu sitzen und hochnäsig den Kopf zu schütteln.« Diese Frau war einfach nur ein altes Biest, ekelhaft. Ohne die gehässigen Damen weiter zu beachten, folgte ich Marlies.

Sie war in unser Büro geflohen und stand an der kleinen Teeküche und kochte eine Kanne frischen Kaffee. Marlies war die einzige Person, die ich kannte, die Zimt im Kaffeepulver untermischte. Der Raum war mit dem Duft nach frisch gebrühtem Kaffee und Zimt gefüllt, lecker.

»Tantchen, was war denn gerade los?« Ich strich ihr sanft über den Rücken.

»Da hoißt es immer, dr Schwabe wird mit vierzig schlau. Aber wenn mr dene gackernde Henna zuschaua muss, kennd mr grad moina, die sind alle no in de Windla.« Ein frustrierter Seufzer.

Okay … mhm, was sollte ich dazu sagen. Bis vor Kurzem verhielt sie sich genauso.

»Ist denn irgendwas passiert? Willst du über was reden?«

Marlies machte eine wegwerfende Handbewegung und beobachtete den Kaffee, wie er Tröpfchen für Tröpfchen in die Glaskanne floss.

»Jetzt sag schon, bringt doch nichts, wenn du gleich wieder die Krallen ausfährst.«

»I han no nie die Kralla ausgfahra, i bin purer Zucker, und des immer!« Sie wirkte entrüstet.

»Marlies …«

»Ja, scho gut. Ach, i han vorher die bleede Bix WC beim Eikaufa gseha. Und woisch, was die jetzt mit ihrm Glimbim vorhad? Dui will doch tatsächlich auf dem Weihnachtsmarkt ihr Zeig verkaufa! Isch dui denn jetzt ganz gaga?«

Ich wusste, dass das Tantchen mit ihren Damen einen Wohltätigkeitsbasar auf dem Weihnachtsmarkt einrichten und das Geld den Bedürftigen zukommen lassen wollte.

»Wer ist denn WC?«

»Wally Clotz nadierlich!«

Ach die, wie hatte ich das vergessen können? Walburga Clotz stand auf Marlies' Feindesliste ganz oben. Wally und Marlies waren zusammen zur Schule gegangen, und irgendwas musste damals vorgefallen sein. Seitdem herrschte diese Rivalität zwischen den beiden. Aber was genau passiert war, behielt Marlies für sich.

»Lass sie doch ihre Stoffecken dort verkaufen. Sie ist doch keine Konkurrenz für euch. Und deine Mädels da draußen bekommst du auch noch motiviert.«

Tante Marlies fuhr sich durch ihre Locken und brachte sie wieder in Form. »Besser wär's. Am liebsten würd i die Wally aufspießa wie so a Hängebauchschwein.« Sie verzog das Gesicht.

»Was hast du da gesagt?«

»Die männerraubende blede Sau häd i scho vor Jahre hemacha solla.«

Ich überlegte kurz, ob ich das Tantchen auf meine Liste der Verdächtigen packen sollte, entschied mich aber dagegen. Hunde, die bellten, bissen nicht. Und Schwaben, die schwätzten, brachten niemanden um. Also musste ich nur noch jemanden finden, der nicht schwätzte.

Wenn no dr Herrgott gsond bleibt

Ein verschwundenes Gemälde in der Kirche und ein wichtiger Hinweis. Wenn man den Informationsquellen von Jutta Glauben schenken wollte.

Was ich tat, denn etwas anderes blieb mir nicht übrig.

Ich hatte erst gar nicht versucht, Informationen aus Tom herauszubekommen. Er hatte sich in seinem Büro verschanzt und sicherlich alle Hände voll zu tun. Also tat ich das, was ich am besten konnte. Ich ignorierte die Regeln und brach am Tatort ein, um an Informationen zu gelangen. Damit provozierte ich zwar einen weiteren Artikel im »Blättle«, aber manche Risiken musste man einfach eingehen.

Ich hatte mich in mein Kamikaze-Jane-Outfit geworfen und schlich nun im Dunkeln um die Kirche herum. Eine der vielen Eingangstüren war doch sicherlich offen und würde es mir erlauben, in die Kirche einzubrechen. Ohne dass ich mich durch ein Dachfenster reinquetschen musste. Ich versuchte es an einer der Seitentüren und hatte Glück, sie ließ sich einfach und ohne verräterischen Laut öffnen. Und es war ja eigentlich auch nur dann ein Einbruch, wenn die Tür verschlossen war, oder?

Auf Zehenspitzen schlich ich mich zum Altar vor, wo der Stammplatz der verschwundenen Madonna gewesen war. Mit der eingebauten Taschenlampe in meinem Handy suchte ich den Altar und die angrenzenden Sitzbänke ab. Schaute an die Decke, in die Ecken. Nichts. Ich konnte nichts Ungewöhnliches finden. Nicht einen Hinweis. Ich fragte mich, was die Polizei hier gefunden haben wollte.

Etwas bewegte sich in einer der vorderen Kirchenbänke. Ich hörte ein leises Geräusch, nur schwach. Beinahe so, dass ich mir einreden konnte, es mir nur eingebildet zu haben.

War ich etwa nicht allein? Unmöglich. Mein Herz begann schneller zu schlagen, und ich sah mich um, in der Hoffnung, etwas zu finden, mit dem ich mich verteidigen konnte.

Natürlich gab es hier nichts, ich befand mich in einer Kirche, da brauchte man nichts zur Verteidigung. Und ich hatte auch nicht daran gedacht, etwas mitzunehmen. Mein Outfit musste dringend überdacht werden.

»Heilig's Blechle, Schwester Theodora, du bisch's! Was führt dich her? Sag bloß, du brauchsch Schutz. Solla mr zamma beten?«

Ich schrie wie am Spieß, und es dauerte eine Ewigkeit, bis sich mein Puls wieder normalisierte. Was war nur los mit den Menschen! Ich richtete den grellen Strahl der Taschenlampe auf meinen Überrascher, der sich schützend die Hände vor die Augen hielt.

»Ganz ruhig, Mädle. I bin's doch bloß – dr Pfarrer. I wolld di ned erschrecka, entschuldige.«

Was schlich der denn zu dieser unchristlichen Zeit hier rum? Hatte der kein Bett?

Ich ignorierte den Einwand, dass eigentlich ich die Einbrecherin war und dass meinem Gegenüber wahrscheinlich gerade die gleichen Gedanken durch den Kopf gingen.

Wie sollte ich aus dieser Nummer wieder rauskommen? Ich steckte mein Handy in die Hosentasche und nahm neben dem Pfarrer Platz. Er hielt einen Becher voll Messwein in der Hand. Er betrachtete die bunten Fenstergläser der Kirche. Wie hatte er mich im Dunkeln und mit dem Sprit, den er intus hatte, erkennen können?

»Wie geht es Ihnen, Herr Pfarrer?«

Er bot mir seinen Kelch an. »Willsch au a Schlückle?«

Ich lehnte dankend ab. Er zuckte mit den Schultern und prostete mir zu.

»Haben Sie den Einbruch gut verkraftet?«

»So weit isch älles im Lod.« Ein Hickser.

»Ich frage ja nur, da Ihre Kirche ausgeraubt wurde. Hätte ja sein können …«

»Ach woisch, 's kommt, wie's komma muss. Eigentlich isch es ja guad, dass des Bildle gstohla wurde.«

Ich war verwirrt. »Was soll daran gut sein?«

»Ha, jetzt muss die Versicherung zahla. Und dann häd i endlich gnug Geld und kennt die undichte Stella am Dach richta lassa. Oder dui pfeifende Hoizung, die god mr nämlich auf dr Sengel. Aber sag's koim.« Er legte den Finger an die Lippen, und es kam ein lautes und feuchtes Psst raus.

Ich als Bibliothekarin hätte das nicht besser machen können.

»Haben Sie irgendwas beobachten können?«

Der Pfarrer schüttelte den Kopf und nahm einen Schluck von seinem Wein. Vielleicht war sein Zustand nicht unbedingt der beste für eine Befragung. Keine Ahnung, wie viele dienliche Hinweise ich aus ihm herausbekommen würde.

»Wissen Sie, welche Beweise die Polizei hier gefunden haben will?«

Der Pfarrer nickte feste. »Dr Dieb mag Wein.«

»Wie kommen Sie darauf?«

Mit bebender Unterlippe wandte er sich mir zu. »Der had oifach meinen … dr guade Messwein mitganga lassa. Dui Sau.«

»Aber Herr Pfarrer.« Durften Pfarrer sich überhaupt so äußern? Über diesen Diebstahl schien er betrübter als über das fehlende Gemälde. Die Prioritäten waren klar gesetzt.

»Na, isch doch wahr! Bruder Thomas und sei Team halten des für a wichtige Info.« Er setzte den Kelch noch einmal an.

Mein Magen gab ein lautes Grummeln von sich und erinnerte mich daran, dass ich schon wieder Hunger hatte.

Der Pfarrer gluckste amüsiert. »Ich sag's ja immer wieder: Wenn 's Ärschle brommt, isch 's Herzle gsond.«

Dachte er jetzt allen Ernstes, dass ich … eine Lady tat so etwas nicht! »Ich habe nur Hunger, das ist alles.«

»Freile«, sagte der Pfarrer.

»Können Sie mir noch weitere Details verraten? Es ist wirklich wichtig.«

Er überlegte einen Augenblick. »Neilich han i dahana 'nen Mann rumschleicha seha. Dr had sich für meinen Gschmack a bissle zu arg für unsre Bilda intressiert.«

Bingo! Mit der Hilfe des Pfarrers würde ich jeden Moment die Hinweise erhalten, um den Kunstfälscher überführen zu können. Ich konnte mein Glück kaum fassen!

»Wie sah dieser Mann aus?«

Der Pfarrer hickste. »Wie en ganz normaler Mo eba. Sie stelled vielleicht Fraga.«

Ich schlug mir mit der Hand gegen die Stirn. Die Aufklärung des Falls war so nahe und dann das. Warum musste der Pfarrer ausgerechnet jetzt dem Wein so zugetan sein? Aber ich ging mittlerweile davon aus, dass es sich hierbei bei ihm um einen Dauerzustand handelte.

»Können Sie den Mann beschreiben? War irgendwas besonders auffällig an ihm. Irgendwas?«

Der Pfarrer schob die Unterlippe vor und schien sehr angestrengt in seinen Erinnerungen zu graben. »Jetzt, wo Se des saged, er war bsonders höflich.«

Ah ja, das war natürlich eine wichtige Erkenntnis und würde mir bei der Überführung des Täters helfen. Nicht.

Der Pfarrer nahm einen Schluck aus seinem Becher und gab ein wohliges Geräusch von sich.

»'s isch nur guad, das dr Schlingel des wertvolle Bildle vom heiliga Jesuskindle aus dr Sakristei ned gfunda had. Ed auszudenka.«

Es gab hier ein weiteres Bild in der Kirche? Na, wenn das nicht nach einer Observierung schrie, wusste ich auch nicht.

Dem hodd Khaddz ens Feuerzeig bronzd!

Ich saß an der Verbuchungstheke und rieb mir die Schläfen. Ulrike und Luis standen im neu eingerichteten Jugendbereich und führten wieder die gleiche Diskussion. Luis wollte etwas Schwung reinbringen und ein Gaming Event veranstalten. Ulrike war da ganz anderer Meinung. Aber das war das alte Lied. Keine Veränderungen, nichts Neues.

Ich konnte Annikas Rückkehr kaum erwarten.

»3D-Drucker, VR-Brillen, Konsolenspiele, Coding, Gaming Events. Das Angebot der Bibliothekswelt ändert sich. Frau Decker –«

»Unsinn, wir sind eine Bücherei und keine Spielhalle. Was kommt als Nächstes, der Verleih von Rollern, Blumen und Pfannen?«

»So etwas existiert bereits. Das nennt sich ›Bibliothek der Dinge‹.« Ich konnte es ja nicht lassen.

Ulrikes Augen wurden zu Schlitzen. »Wusste ich es doch. Sodom und Gomorrha.«

»Tut mir leid, Ulrike, aber das Event ist geplant und schon in den sozialen Netzwerken beworben. Wir wollen die Jugendlichen erreichen. Die Förderung von unserem Nachwuchs liegt Ihnen doch ebenfalls am Herzen.«

Ulrike gab ein Knurren von sich, und damit war das Thema für sie beendet.

»Ich bin kurz bei Jonas drüben.« Ich drehte mich zu Luis um. »Willst du mitkommen?«

Luis zog scharf die Luft ein und wurde knallrot. »Ich habe alles da, aber danke.«

Jonas befüllte seine Vitrine mit Kuchenstücken und sah mich an, als hätte ich jetzt vollkommen den Verstand verloren.

»Stopp und noch einmal auf Anfang: Du hältst Dettmann für die Mörderin. Was ist passiert?«

Ich saß am Tresen und rührte wild mit dem Löffel in meinem Kaba mit Sahne herum. »Das Tantchen war's.«

»Was hat denn Marlies jetzt damit zu tun, ich komm gar nicht mehr mit.«

»Tante Marlies hat gestern davon gesprochen, dass sie die männerraubende Wally gerne erdolchen würde.«

»Okay … mag ja sein, aber Dettmann …?«

»Wir haben Kleinwächter gesehen. Ein sehr attraktiver Mann, so eine Art George Clooney unter den Archäologen. Und wir haben Dettmann gesehen. Eine attraktive Frau. Wochen bis Monate verbringen diese Menschen Tag und Nacht zusammen auf solchen Ausgrabungsstätten. Und weit und breit ist sonst niemand. Die beiden hatten sicherlich etwas miteinander. Vielleicht hat er Dettmann betrogen. Oder Dettmann war in Kleinwächter verliebt und hat herausgefunden, dass er mehrere Eisen im Feuer hat? Also bringt sie ihn um. Und leidet jetzt unter Schuldgefühlen und Liebeskummer. Oder sie wollte die Ausgrabungen leiten. So viele Möglichkeiten.« Ich nippte an meiner Tasse.

Jonas lachte. »Jetzt spinnst du vollkommen. Jede Liebesschnulze im ZDF klingt realistischer als dein Mordmotiv. Wie kommst du überhaupt darauf?«

»Ist dir nicht aufgefallen, wie Dettmann damals auf die Erwähnung von Kleinwächter reagiert hat?«

Jonas überlegte kurz. »Jetzt, wo du es sagst. Das war schon komisch.«

»Siehst du, hier müssen wir noch einmal ansetzen und tiefer bohren.« Zufrieden mit meiner neuen Erkenntnis schob ich mir einen Löffel Sahne in den Mund. Mein Bauch knurrte. Ich fühlte mich in meinem Gedanken bestärkt. Den Gedanken daran, dass so ein Bauchgefühl auch trügerisch sein konnte, schob ich zur Seite.

»Und mehr haben wir nicht?«

Mein Hochgefühl schwand wieder. »Nein. Ist das nicht schrecklich? Wir haben unsere Leiche. Und wir haben eine Verdächtige, die es aber nicht war.«

»Können wir Behringer wirklich als Verdächtige ausschließen?«

»Ich traue ihr viel zu, sie ist schließlich ein Biest, aber einen Mord bringt selbst die nicht hin.« Davon war ich felsenfest überzeugt.

»Dann hätten wir noch die Polizei, die sich sehr unkooperativ zeigt und immer diesen schrecklichen Dorfbiddl vorschickt.«

»Ach ja, da wäre noch der Schlüpfer. Sie ist nun Bürgermeisterin. Um das zu schaffen, musste die alte Bürgermeisterin weg. Aber würde sie dafür über Leichen gehen? Sie stellt sich allerdings sehr ungeschickt an und beteuerte für meinen Geschmack zu sehr, sie wollte nie Bürgermeisterin werden.«

Jonas nickte. »Das sind meistens die Schlimmsten. Dann haben wir also den Schlüpfer und Dettmann.«

Annette Pötzsch war zwischen den Regalen hervorgetreten und neben uns stehen geblieben. Ich hatte sie zuvor nicht wahrgenommen und war davon ausgegangen, dass wir allein wären.

»Ihr solldet eich boide wirklich schäma! Ihr mischt eich ständig in die Angelegaheita von andre Leit ei. Wo soll des nur noch enda?« Sie gab ein abfälliges Schnauben von sich und ging. »Schwätzed weniger und schafft mal mehr! Ned nur glotza, sondern einbringa in unsre Gemeinde!«

Ich konnte diese Frau wirklich nicht leiden. Hielt sich für die wichtigste Säule hier im Dorf. Kindergärtnerin, aktives Mitglied bei den Landfrauen, leitete den Gebetskreis und war noch Vorstand im Heimatbund. In ihren Augen konnte man natürlich nur alles falsch machen.

»Und wir haben noch eine Verdächtige.« Jetzt war es an Jonas, so komisch zu grinsen.

Ach ja? Aus welchem Hut hatte er nun diese gezogen?

»Pötzsch. Sie und ihr Heimatbund haben von Anfang an gegen das Kurzentrum demonstriert, Petitionen eingereicht. Und jetzt, wo Behringer weg ist, fällt das Kurzentrum weg.«

An Bogg ond a Goiß, machad anandr hoiß

Heute schien der Tag aller Tage zu sein.

Tante Marlies hatte sich ihr Make-up wie eine Kriegsbemalung aufgetragen und ihre Mantras aufgesagt. *She was on fire* und bereit für den Krieg.

Der Wohltätigkeitsbasar stand an, und damit trat das Ereignis ein, worauf ganz Goldthal bereits gewartet hatte. Wer würde der heutige Sieger sein: Quilt oder Strick? Es überraschte mich natürlich nicht, dass es sogar Wetten darauf gab.

Das Tantchen liebte es, zu gewinnen, und hatte ihre Wohnung in eine wahre Sockenfabrik verwandelt. Ich hatte nicht die leiseste Ahnung, wann sie die alle gestrickt hatte.

Mit flotten Schritten eilte Marlies über den Marktplatz auf ihren Stand zu, wo sie von ihren Vereinsschwestern jubelnd empfangen wurde. Die schienen in Gewinnerstimmung zu sein. Tom und ich hatten dem Tantchen versprochen, sie heute so tatkräftig wie möglich zu unterstützen. Mir war nicht klar gewesen, wie schwer die Säcke mit den Wollsocken sein würden, die wir dem Tantchen hinterhertrugen.

»Na endlich«, nölte Adelheid. »Wir warten hier schon eine Ewigkeit auf die Ware.« Mit ihren Klauen nahm sie uns die Säcke ab.

»Ihr habt die Zeit bis zu unserer Ankunft wirklich sinnvoll genutzt«, meinte Tom und wollte Adelheid einen weiteren Sack reichen, dem sie jedoch schon keine Beachtung mehr schenkte.

»Das ist eine alte Tradition, davon versteht ihr junges Gemüse nichts.« Sie hatte sich zu den anderen Damen gestellt, jede einzelne von ihnen war mit einem Schnapsglas bewaffnet.

»Es isch doch so fürchterlich kalt, da müss mr uns doch

von inna wärma.« Das Tantchen zuckte unschuldig mit den Schultern.

»Natürlich müsst ihr das. Wie können Tom und ich dich unterstützen?«

Wie eine stolze Mutter nickte Marlies mir zu. »Des lob i mir. Am beschda –«

»Alles schön und gut«, sagte Adelheid und war näher zu uns aufgerückt. »Jetzt, wo Tom schon einmal bei uns ist, wollen wir die Gelegenheit nutzen und uns mit ihm unterhalten. Mädels, Attacke!«

So schnell hatten wir gar nicht schauen können, wie die Strickdamen Tom und mich zwischen sich eingeschlossen hatten. Das hatte was von einem Tribunal und gefiel mir überhaupt nicht.

Adelheid versuchte es mit einem Lächeln, und ich wünschte mir, sie würde es lassen. »Also, Thomas, du bist ja ein Teil der Polizei. Und das ist gut, denn wir haben so viele Fragen, und du wirst uns doch nicht hängen lassen. Richtig?«

Tom setzte sein Polizeilächeln auf, welches beruhigend wirken sollte. »Ich kann euch gut verstehen, dass ihr viele Fragen habt. Ich kann euch leider nichts sagen, wir befinden uns noch mitten in den Ermittlungen. Aber ihr könnt sicher sein, dass wir versuchen, Goldthal so schnell wie möglich wieder zu einem sicheren Ort für uns alle zu machen.«

»Dieses Gesülze kannst du den anderen Weicheiern erzählen. Wir brauchen Fakten. Also, was weißt du bisher über die Gemälde? Was werden eure nächsten Schritte sein?«

»Jetzt schwätz scho«, sagte Sonja.

»Vielleicht will er ja en Keks essa und erzählt uns dann älles, was mr wissen wolled?« Monika begann in ihrer Handtasche nach Keksen zu suchen, von denen ich gar nicht wissen wollte, wie lange die dort schon drin sein mussten.

»Deine Kekse kannst du selbst essen, Monika. Konzentriert euch!«

Der Kreis um uns herum wurde immer enger. »Du solltest ihnen geben, wonach sie verlangen. Oder möchtest du erdrückt werden?« Platzangst begann sich in mir bemerkbar zu machen. Meinen Tod hatte ich mir anders vorgestellt.

»Wir haben die Fälschungen einem Experten vorgelegt, der uns nun bestätigen konnte, dass unser Dieb aus der Region stammen muss.«

»Soll heißen?«, fragte Susanne.

»Die Farbe, die untersucht wurde, weist Mohnöl als Bindemittel und Pigmente aus der näheren Umgebung auf. In der Region gibt es nur eine Firma, die diese Mischung produziert, und fünf Geschäfte, die diese Farben verkaufen. Wenn wir rausfinden können, wer diese Farben in letzter Zeit gekauft hat, können wir uns den Dieb schnappen. Mehr kann ich euch nicht verraten.«

»Na, des isch doch schon amol ebbes. Keks?« Monika reichte ihm ein in Tempo eingewickeltes Gebäck. Für kein Geld der Welt würde ich das essen wollen.

Tom sah das wohl ähnlich. »Danke, Monika, aber ich mache gerade eine Diät. Gerne ein anderes Mal.«

»Du gibst dich auch mit allem zufrieden.« Adelheid richtete einen ihrer langen Finger auf mich. »Ich wette, seine Frau weiß Bescheid. Sonst würde sie nicht ständig ihre Nase überall reinstecken.«

Die waren doch verrückt geworden. »Ich weiß gar nichts. Wolltet ihr euch nicht um euren Stand kümmern?«

»Richtig«, stimmte Tom mir zu. »Auf welche Seite wollen wir denn was hinlegen?«

Susanne machte eine wegwerfende Handbewegung. »Dafür haben wir auch noch Zeit. Sag mal, Tom, wenn wir schon bei einer Fragerunde sind: Habt ihr noch fesche Singlemänner auf eurem Revier?«

»Jetzt isch abr Schluss«, zischte Marlies und drängte sich zwischen ihre Freundinnen. »Hend ihr jetzt älle en Schatta, oder was isch dahana los? Ihr solldet eich mehr auf WC konzentriera, statt an meim Bubele rumzugraba.«

Wurde Zeit, dass hier endlich mal ein Machtwort gesprochen wurde. Erleichterung war auch auf Toms Gesicht aufgetaucht, nachdem die Damen wieder einen gesunden Abstand zwischen sich und ihn gebracht hatten.

»Wir hätten schon noch was aus ihm rausbekommen.« Adelheid schien sich dessen sehr sicher zu sein.

»Und jetzt auf in den Kampf. Bringt eich schon amol in Stimmung, Mädels. Am End vom Dag will ich hier koin oinziga Stricksocka mehr liega seha. Hemm mr uns verstanda? Und jetzt no schnell a Motivationsschnäpsle.«

Marlies reichte die Flasche mit Adelheids Schnaps an die anderen weiter. Synchron setzten die Damen die Gläschen an die Münder und stürzten das selbst gebraute Zeug hinunter.

Wie eine Schar gackernder Hühnchen verteilten sich die Strickdamen rings um den Stand und verwandelten diesen in kürzester Zeit in ein Sockengeschäft.

Marlies hatte die Arme vor der Brust verschränkt und behielt ihre Vereinsschwestern im Blick.

»Die Weiber send wirklich omöglich. Mir brauched nachher vollen Einsatz, hasch me, Dora? I will se heila seha.« Mit einem diabolischen Grinsen strahlte sie mich an.

»Ich dachte, es handelt sich hier um einen Wohltätigkeitsbasar?«

»Isch doch auch so. Und jetzt sei so lieb und gang amol rum und mach mal kräftig Werbung. Von allein verkaufet sich die Sacha sicherlich ned.« Sie scheuchte mich davon und bezog selbst Stellung hinter ihrem Stand.

»Ja, Marlies, du au hier?« WC war in Begleitung ihrer Quiltdamen an unserem Stand erschienen und musterte die Ware ganz genau.

»Stricksocken zu Weihnachten. Wie originell.« Die Quiltdamen begannen zu lachen.

»So, Marlies, eich viel Erfolg mit eure Söckla. Mir müsset jetzt amol Geld verdiena ganga.« WC hatte ein Siegerlächeln aufgesetzt und war davonstolziert. Dem Tantchen schien es die Sprache verschlagen zu haben.

»Und jetzt werden wir so richtig reinhauen«, rief ich etwas lauter als geplant. Dieses blöde WC konnte doch nicht einfach so mit meinem Tantchen sprechen.

Die Arbeit unter den Strickdamen war mehr als anstrengend. Tom und ich wurden von den Damen vollkommen in Beschlag genommen. Nachlegen der Waren, Laufburschenarbeiten verrichten, Essen von den verschiedenen Ständen herum besorgen oder wie ein Marktschreier für unsere Söckchen Werbung machen. Das Gute daran war, die Zeit war schnell vorbeigegangen, und wir froren nicht so sehr wie die anderen. Der Nachmittag würde jetzt noch einmal anstrengend werden, und danach konnten wir endlich nach Hause. Auf mich wartete bereits meine Badewanne mit dem neuesten Werk der Bestsellerautorin Lisa Straubinger.

Ich warf einen prüfenden Blick hinüber zum Stand der Quiltdamen. Zu unser aller »Glück« hatte man sie direkt gegenüber von uns platziert. Es schien so, als würde jemand unbedingt sehen wollen, wie der Kampf zwischen den beiden ausging. Mit Genugtuung musste ich feststellen, dass WCs Stand immer noch recht voll war. Quilten war wohl nicht jedermanns Ding. Im Gegensatz zu unseren Socken, die wirklich gut liefen.

»Ist dir aufgefallen, dass der Stand von WC fast nichts verkauft?« Ich hatte Tante Marlies auf die Schulter getippt.

»Koi Wunder, die Dinger sind groda hässlich.« Summend füllte sie einen neuen Schwung Socken nach. »Wie hoißt es immer so schee? Dr Herr stroft jede kloine Sünde.«

»Mädels, haltet euch fest. Ihr glaubt es nicht!« Adelheid,

die vor wenigen Augenblicken noch am Stand von Erika mit den Eiern gewesen war, hatte sich neben das Tantchen und mich gestellt. Aufgeregt winkte sie die anderen Strickdamen zusammen.

»Ja, was isch denn los?«, fragte Sonja aufgeregt.

Adelheid setzte ein böses Grinsen auf. »Erika von den Eiern hat mir gerade erzählt, es gehe das Gerücht um, dass die Produkte unserer lieben WC nicht selbst gemacht seien. Deshalb würde niemand mehr was bei ihr kaufen.«

»Die näht nicht mit der Hand?« Susanne war entsetzt.

»Jetzt lass mol die Kirch im Dorf«, sagte Monika. »Mir send im 21. Jahrhundert. Wer näht denn da no mit dr Hand?«

»Auf welchr Seit stosch du überhaupt?«, fragte Sonja.

»Mädels, mir ganged jetzt ed aufeinander los. Schwätz weiter, Adelheid. Was woiß Erika noch?« Tante Marlies schien um Contenance bemüht, jedoch konnte sie das Funkeln in ihren Augen nicht verbergen.

Tom, der den Stand am Leben hielt, während wir uns zu einer kleinen Klatschrunde zusammengefunden hatten, stellte sich zu uns. »Und, habe ich was verpasst?«

»Psst«, sagte Susanne. »Dass diese Männer immer dazwischenquatschen müssen.«

Tom sah ganz perplex aus und wusste gar nicht, was los war. »Erkläre ich dir später«, flüsterte ich ihm zu.

»Soweit Erika weiß, *kann* WC überhaupt nicht nähen. Sie tut immer nur so. Angeblich hat sie ihre Quilts bei einer großen Firma in Mannheim in Auftrag gegeben.«

»Bei den Badensern?« Entrüstet sogen die Damen die Luft ein. Eine natürliche Reaktion bei jedem echten Schwaben.

»Mir fehlen die Worte.« Monika kramte in ihrer Handtasche und zog einen Keks hervor, von dem sie abbiss.

»Was für ein Skandal!«

»Das sind doch alles nur Gerüchte«, meldete ich mich zu Wort. »Liegen irgendwelche Beweise vor?«

»Arbeite ich bei der Polizei? Wenn Erika sagt, dass an der Sache etwas faul ist, dann glaube ich das.« Adelheid sah mich fassungslos an. »Erika ist eine unserer besten Quellen, merk dir das, Kind.«

»Und was machen wir jetzt mit WC?« Susanne sah ihre Strickdamen an.

»Wenn se ned so stinkend faul gwäsa wär, wär ihr des jetzt erspart blieba.« Sonja zuckte erbarmungslos mit den Schultern.

Tom sah erst mich an, dann die anderen. »Wollt ihr jetzt einen Scheiterhaufen für sie bauen, oder wie sieht euer Plan aus?«

Die Damen begannen herzlich zu lachen, während ich mir auf die Zunge beißen musste, um nicht ebenfalls mit einzusteigen.

»Sei nicht albern. Sie wird nur gesteinigt und vertrieben. Das andere macht zu viel Dreck.«

Dieser entsetzte Gesichtsausdruck von Tom hat sich wohl für immer in unser aller Erinnerungen gebrannt. Er tat mir ja ein bisschen leid.

»Du darfsch ned immer alles glauba, was mr zu dr sagt«, klärte ihn das Tantchen auf. »Des war a Scherzle. Und jetzt hilfsch mr, mein Zeug zu packa. Wie es scheint, fährsch du heit a Gewinnerin hoim.«

Ehrlich währd am längschda, abbr wer nedd stiehld, kommd zu nix

»Drei Regeln für heute Abend«, sagte Tom streng.

»Okay, ich gelobe, mich daran zu halten und keine Extrawurst zu fordern. Und über die Ermittlung spreche ich nicht.« Entschuldigend zog ich die Schultern nach oben.

Mein Mann warf mir einen kurzen Blick zu. »Wäre ja heute nicht das erste Mal, dass du dich nicht an unseren Hochzeitstag erinnerst. Wollte es nur noch einmal gesagt haben.«

Ich erinnerte mich und fühlte mich grauenvoll. Nach der Erleuchtung neulich in Jonas' Café hatte ich die ganzen Tage unter Strom gestanden und überlegt, wie ich den drei Damen Schlüpfer, Dettmann und Pötzsch auf die Schliche kommen könnte. Und vor lauter Planung hatte ich ganz vergessen, welcher Tag heute war. Als Tom mich dann in der Bücherei abgeholt hatte und Blumen im Arm hielt, war ich mehr als irritiert.

»Du bekommst Blumen geschenkt?« In meinem Kopf begann sich sofort ein Szenario abzuspielen, wie die schöne Saskia um ihn herumschlich und ihm diese Blumen schenkte.

Tom sah mich an, als wäre ich total bescheuert.

»Die sind für dich, heute ist unser Hochzeitstag.«

Autsch.

Ich hatte einfach unseren Hochzeitstag vergessen. Das war mir noch nie passiert.

Reumütig hatte ich ihm versprochen, alles zu tun, um es wiedergutzumachen. Ich wollte schließlich noch viele weitere Hochzeitstage mit Tom feiern.

Wir fuhren zu diesem süßen kleinen Italiener in der Stadtmitte und würden heute einen schönen Abend zwischen Pasta, Pizza und Rotwein verbringen.

»Erstens: Heute geht es nur um uns beide.«

Also keine Gespräche über Mord und Totschlag. Warum genau hatte ich noch einmal einen Kriminalkommissar geheiratet?

»Wunderbar, finde ich toll.«

»Zweitens: Wir reden nicht über die Arbeit.«

Was er ja sowieso nie tat, sosehr ich auch versuchte, etwas aus ihm herauszukitzeln.

»Einverstanden, sollten wir hinbekommen.«

Tom parkte unser Auto geschickt ein, und ich konnte mir schon denken, welchen Punkt er als Nächstes anbringen würde.

»Drittens: Das Thema Ermittlung, Mord und alles, was dazugehört, ist tabu.«

Ding-ding-ding. Wusste ich es doch.

Ich knabberte an meiner Unterlippe. »Mhm ... Aber was machen wir, wenn –«

»Das Thema ist tabu.«

Tom zog mit seinen Fingern einen imaginären Reißverschluss zu. Thema beendet. *The rules are the rules.*

»Fein, ich halte mich heute dran.« Ich gab mich geschlagen.

Toms Lachen war die einzige Antwort, die ich bekam.

»Signorina, du siehst wieder entzückend aus. Oh, là, là, gibt es etwas zu feiern?« Raffaele, unser Kellner, hatte uns zu unserem Stammplatz geführt und schenkte uns schon einmal Wein ein.

Okay, gut, es war kein richtiger Wein. Es war Lambrusco. Ich war eine Süße und hatte etwas für dieses Gebräu übrig.

Tom und ich hatten das Lokal »Dalla porca miseria« vor einiger Zeit entdeckt und uns in seinen eigenwilligen Charme verliebt. Es war klein, urig und superlecker. Und danach waren wir sehr oft wiedergekommen, sodass wir mittlerweile fast schon zur Familie gehörten.

»Wir feiern heute unseren Hochzeitstag«, verkündete ich stolz und strich Tom liebevoll über die Hand.

»Ja, und sie hat ihn vergessen.« Tom grinste gemein und küsste meinen Handrücken.

»*Leprotta*, wie kannst du nur euren Hochzeitstag vergessen!« Raffaele schlug die Hände über dem Kopf zusammen. »Solch eine Peperoni kann man doch nicht vergessen!« Er lachte. »Das Übliche?« Raffaele stand mit seinen kleinen Speisekarten an unserer Seite.

»Heute wollen wir mal etwas Neues ausprobieren.« Tom nahm die dargebotene Speisekarte entgegen.

Raffaele und ich sahen uns verwirrt an. Tom war der schlimmste kulinarische Banause, den ich kannte. Er aß immer das Gleiche. Ob beim Italiener, in der Eisdiele oder beim Dönermann um die Ecke. Und jetzt wollte er etwas Neues ausprobieren, an unserem Hochzeitstag? Na, das konnte ja nur schiefgehen.

Tja, es hatte natürlich schiefgehen müssen. Tom hatte etwas bestellt, Spaghetti ai frutti di mare, was er nicht mochte, und am Ende meine Pizza Margherita gegessen, weshalb ich die Hälfte meines Tiramisus hart verteidigen musste.

Trotz des kleinen kulinarischen Unfalls hatten wir einen sehr schönen Abend verbracht. Unser Tisch war in einer hinteren Ecke des Raums gewesen, versteckt zwischen einem Raumtrenner und künstlichen Rebstöcken. Wir hatten tolle Gespräche geführt, Händchen gehalten, uns geküsst. Und wir hatten Unmengen von Wein getrunken. Die Luft war trocken, wir hatten Durst, und der Lambrusco schmeckte einfach zu gut. Es fühlte sich an wie eines unserer ersten Dates und nicht wie der … Hochzeitstag. Ach, wer zählt schon mit.

Der Lambrusco hatte mir ordentlich zugesetzt, alles drehte sich.

Als es Zeit war, nach Hause zu gehen und das Lokal Feierabend machen zu lassen, hatten wir uns gegen ein Taxi entschieden und wollten die herrliche Winternacht für einen Spaziergang nach Hause nutzen. Fahren konnte keiner von uns mehr, das Taxigeld wollten wir sparen, und der nächtliche Spaziergang würde uns sicherlich guttun. Dachten wir uns und torkelten im Schneckentempo die Straßen entlang. Den Kater, den wir beide morgen haben würden, konnte ich jetzt schon erahnen.

Ich rieb mir die Augen. Jetzt fing ich schon an, Dinge zu sehen, die gar nicht sein konnten.

»Wie kommst du darauf?«

Ich kicherte und versuchte unter dem Gewicht von Toms Arm nicht den Halt zu verlieren. »Ach, die großen Schatten dahinten sehen wie Gestalten aus.«

Jetzt kicherte Tom ebenfalls. »Gestalten?«

»Schau doch.« Ich deutete mit dem Finger auf die hintere Außenwand der Polizeiwache, die nur wenig beleuchtet war. »Schatten, die sich aus dem Fenster davonschleichen.«

Tom kniff die Augen zusammen und versuchte, die Schatten an der Hauswand ebenfalls zu sehen.

»Wie viel hast du getrunken?«

»Nicht mehr als …« Die Schatten vor uns kamen mir vertraut vor. Doch mein Verstand und meine Augen brauchten eine gefühlte Ewigkeit, bis sie das Gesehene greifen konnten.

»Oh shit!«, schrie ich mit einem Mal und begann zu rennen.

»Was ist?«, rief Tom und stolperte mir hinterher.

»Halt, stehen bleiben! Polizei!« Ich rang nach Sauerstoff. Zu rennen und dabei noch zu rufen war ein Balanceakt, der mir im Moment äußerst schwerfiel.

»Da wird gerade eingebrochen! Warum hast du nichts gesagt?« Schön. Die Frage, wer von uns beiden mehr getrunken hatte, erübrigte sich damit.

Tom beschleunigte sein Tempo.

Ich versuchte hinterherzueilen, so schnell es mein Schuhwerk zuließ. Memo an mich selbst: Kondition für die nächste Verfolgungsjagd trainieren.

Ich tat es meinem Mann gleich und sprang vom Bordstein, bereit für die Verfolgungsjagd. Es hätte cool aussehen können, wäre ich nicht auf einer rutschigen Stelle gelandet und hätte dabei mein Gleichgewicht verloren und mit den Armen gerudert. Gefolgt von einem undefinierbaren Laut, bis ich schlussendlich mit dem Kopf voraus stürzte.

Willsch was gelda, mach de selda

»Hört zu, das ist meine Lieblingsstelle«, sagte Adelheid und begann vorzulesen.

»Mitten in der Nacht wurde in die Polizeiwache von Goldthal eingebrochen, die um ein fünftausend Euro teures Abhörgerät, den XYD876, erleichtert wurde. Kriminalkommissar Thomas Fuchs, der an diesem Abend seinen Hochzeitstag mit unserer allseits geschätzten Büchereileiterin Theodora Fuchs gefeiert hat, war vom ›Dalla porca miseria‹ auf dem Heimweg. Kriminalkommissar Fuchs sah sich dem Dieb gegenüber, verfolgt von seiner Frau. Dank der Bekanntschaft, die Frau Fuchs mit der vereisten Straße machte, und der Ritterlichkeit ihres Mannes, der seiner verletzten Frau wieder auf die Beine half, konnte der Einbrecher fliehen. Auf Nachfragen zum Täterprofil stand uns Kriminalkommissar Fuchs Rede und Antwort: Der Täter ist übergewichtig. Vielen Dank, Herr Kommissar, für diese detaillierte Täterbeschreibung und ein Hoch auf unsere Büchereileiterin. Und vor allem auf den Wein im ›Dalla porca miseria‹.«

Adelheid senkte die Zeitung. »Ein Hoch auf unsere Justitia in Goldthal. Oder eher auf unsere Büchereileitung.« Sie setzte ein gehässiges Lächeln auf und beobachtete uns genau.

Ich wollte ihr nicht die Genugtuung einer Reaktion geben, sondern hing weiter meinen eigenen Gedanken nach. Zum Beispiel: Was für eine inkompetente Reporterin hatte das geschrieben? Die Antwort konnte nur Sabrina Vögele sein. Und warum las es sich eher wie eine Empfehlung für unseren

Lieblingsitaliener als wie ein tatsachengetreuer Bericht über einen Einbruch?

Tom und ich befanden uns – gemeinsam mit dem Aasgeier Adelheid – bei Tante Marlies im Wohnzimmer. Ich saß im Sessel und betete für mehr Ruhe und Aspirin. Und wie es schien, besaß ich mittlerweile drei Katzen. Miss und Mrs lagen oben in unserer Wohnung in ihren Körbchen und schliefen. Und die dritte, mein Alkoholkater, tobte in meinem Kopf und ließ ordentlich die Sau raus.

Tom lag mit einem Verband um den Kopf und einer Schlinge um den Arm auf der Couch und sah einfach nur furchtbar aus. Marlies war unsere Krankenschwester und kümmerte sich rührend um uns. Und Adelheid? Die war nur hier zum Geiern und um sich an unserem Unglück zu laben. Keine Ahnung, warum Marlies ihr die Tür geöffnet hatte.

Die Nacht war schrecklich gewesen und leider exakt so abgelaufen, wie Adelheid es aus der Klatschpresse vorgelesen hatte. Keine Ahnung, wie es Sabrina Vögele so schnell gelungen war, Wind davon zu bekommen. Tom hatte seine Kollegen über den Diebstahl informiert, aber vom Räuber fehlte jede Spur. Wir hatten uns ganz schön was von Toms Kollegen anhören müssen. Und als die Rettungssanitäter, die zum Glück angefordert worden waren, sich um meine nur leichten Verletzungen gekümmert hatten, hatte das Revier von Goldthal noch mehr etwas zu lachen gehabt.

Aber wie Sabrina Vögele davon erfahren hatte, keine Ahnung. Es würde mich nicht überraschen, wenn sie selbst so ein Abhörgerät besäße, um immer auf dem neuesten Stand zu sein. Mit einem Mal war sie gestern Nacht auf dem Revier aufgetaucht, hatte wild irgendwelche Informationen aufgeschrieben und unvorteilhafte Bilder von uns gemacht, die nun wie ein Brandzeichen in der Zeitung zu sehen waren.

»Also Adelheid, wirklich«, krähte Tante Marlies und funkelte ihre Freundin böse an. »Du kosch au ganga, wenn's dr fei ed passt.«

Adelheid zog die Schultern zurück und presste ihre Lippen zu einem dünnen Strich zusammen. »Hier ist aber jemand heute empfindlich. Ich wollte euch ja nur darüber informieren, dass ihr Stadtgespräch seid, und euch darauf vorbereiten.«

»Wie selbstlos von Ihnen«, ätzte ich.

Adelheid schenkte mir ein Lächeln, das mich schon wieder aggressiv machte. »Ich weiß, ich bin eine gute Christin.«

Bevor ich noch mehr ätzen konnte, klingelte es an der Haustür.

»Dora, könntesch du kurz aufmacha ganga? I wollt no gschwind den Wickel vom Tom wechsla. Aber vorher muss i mi selbst erschd mal reiniga.« Das Tantchen befüllte ein Schnapsglas mit Adelheids »Gutem Geist« und leerte das Glas in einem Zug. Hatte sie nicht auf das Etikett geschaut? Das Zeug war pures Gift. Mir wurde kotzübel, und ich versuchte, den aufsteigenden Brechreiz zu unterdrücken. Ich würde nie wieder ein Glas Alkohol anrühren.

»Brrr, so, dr reinigt und räumt von innen auf.« Und damit nahm Krankenschwester Marlies ihre Arbeit auf. Tom hatte einen fürchterlichen Kater, und Marlies hatte es sich zur Aufgabe gemacht, *ihren* Tom zu hegen und zu pflegen.

Ich schlurfte zur Tür, ignorierte den Panzer in meinem Kopf und unterdrückte das Verlangen, sterben zu wollen, wenn ich noch einen weiteren Schritt gehen müsste.

»Herr Rosner.« Ich lehnte meinen Kopf an den Türrahmen. »Welche Überraschung.« Seit seiner Rückkehr nach Goldthal traf er das Tantchen jeden Tag, und die beiden verbrachten Stunden damit, zu flirten und sich Geschichten aus ihrem Leben zu erzählen.

»Ach, Kind, du siehsch ja beschissa aus.« Er schenkte mir einen verständnisvollen Blick, wie es nur Leute konnten, die dieses Stadium des Katers danach schon einige Male mitgemacht hatten.

»Das Tantchen ist im Wohnzimmer – Sie kennen ja den Weg.« Ich ließ ihn an der Tür stehen und ging voraus.

»Oddo, wie schön!« Marlies hatte sich erhoben, begrüßte ihren Besuch mit einer Umarmung und drückte Rosner an ihren ausladenden Busen. Ich fand es einfach höchst amüsant, wie Marlies den Namen »Otto« aussprach. Die Schwaben hatten eh ein Problem mit ihren Namen.

»Grüß Gott, Otto, lang ist es her.« Adelheid erhob sich graziös und begrüßte Rosner.

»Adele, altes Haus.« Rosner klopfte Adelheid wie einer Stute auf die Schultern, die unter der Wucht der Begrüßung einknickte. Adele, noch so eine schwäbische Delikatesse. Man könnte glauben, man würde die britische Sängerin Adele meinen, dabei verabschiedete man sich nur mit diesem Wort. Oder man begrüßte eine alte Freundin damit. Verwirrend.

»Als i vom Raub ghört han, musst i glei komma.«

»Das ist ja so nett von dir. Entzückend«, meinte Adelheid und nahm wieder bei ihrem »Blättle« Platz.

»Des war doch sicher richtig aufregend heit Nacht, oder?« Rosner quetschte sich auf das freie Sofastück neben Adelheid und drohte sie dabei mit seinem ausladenden Hintern fast zu erdrücken.

»Hast du mich nicht gesehen?«, fauchte Adelheid und rutschte noch weiter zum Rand.

»Ach, du bisch so dünn wie so a Klappergschdell, han di oifach ned gseha. Niemand mog so dünne Fraua, an dene muss was dran sei.« Er zwinkerte Marlies zu.

»Steht doch alles in der Zeitung«, meinte Tom.

»Des Thema isch gerade a bissle schwierig«, versuchte Marlies, ihren Neffen in Schutz zu nehmen.

»Bei solch einer Arbeitsleistung wäre ich auch empfindlich«, ätzte Adelheid.

»Etwas Ruhe wäre ganz gut«, versuchte ich mein Glück, was dank des Nebelhornorgans Rosners unterging.

»Na, es wird doch wohl a Spur zum Verbrecher geba, odr?« Der war ja hartnäckig oder so sensationsgeil wie der Rest vom Ort.

Tom stöhnte nur und drehte uns allen den Rücken zu.

»Adelheid, Oddo, mir lassed die boide jetzt amol ausruha. So a Nacht muss mr erscht amol wegstecka. I koch jetzt erscht amol Gaisburger Marsch, gibt doch koi bessers Kateressa.«

Marlies scheuchte die zwei aus dem Wohnzimmer, und endlich kehrte Ruhe ein, und ich war mit Tom allein.

»Endlich«, krächzte ich und legte mich zu Tom auf die Couch.

Tom drehte den Kopf auf meine Seite. »Hier stinkt etwas gewaltig, und es ist nicht der Schnaps von Adelheid. Mit diesem Kerl stimmt was nicht.«

's muass sich viel ändra, wenn's so bleiba soll, wia's isch

Der Aufzug beförderte mich in den zwölften Stock des Hochhauses, und mit einem »Pling« war ich an meinem Ziel angekommen: Behringers Apartment.

Behringer hatte mich angerufen und mir unmissverständlich zu verstehen gegeben, dass sie mich sehen wolle. Sofort.

»Endlich, warum hat das so lange gedauert?« Behringer hatte mir die Tür geöffnet und trat von einem Fuß auf den anderen.

»Ich musste erst einmal hierherkommen und einen Parkplatz finden«, entschuldigte ich mich und war schon völlig genervt. Das fing ja gut an.

Sie rieb sich mit einer Hand die Schläfe, und mit der anderen lud sie mich in ihre Wohnung ein. Ich hatte mir nicht wirklich viel Gedanken darüber gemacht, wie eine Bürgermeisterin wohnte, war aber überrascht von Behringers Landhausstil. Ich hätte eher auf industriell getippt und war positiv überrascht. So viel Geschmack hatte ich dem Biest gar nicht zugetraut.

Behringer führte mich in ihr Wohnzimmer, wo sie mir den Platz auf einer weißen Couch anbot, die so weich war, dass ich mir nicht sicher war, ob ich jemals wieder aufstehen könnte. Behringer marschierte zu einer Minibar und schenkte sich einen Brandy ins Glas. Mir fiel erst jetzt auf, dass sie eine Bluse und eine Anzughose trug, ganz so, als wäre sie im Büro.

»Brandy?« Sie nippte an ihrem Glas.

»Nein danke, elf Uhr am Morgen ist mir etwas zu früh zum Trinken.«

Behringer zuckte gleichgültig mit den Schultern und nahm gegenüber von mir Platz. »Na, irgendwo auf der Welt ist es bereits siebzehn Uhr und damit Zeit für Alkohol.«

Vielleicht hätte ihr die Feststimmung im Rathaus doch gefallen, mit all dem Glühwein und so.

»Richtig. Sie wollten mich sehen?«

»Wie kommen Sie mit der Ermittlung voran?« Sie schwenkte das Glas in ihrer Hand.

Die Frage musste früher oder später kommen. Ich hatte gehofft, ihr bessere Ergebnisse vorlegen zu können.

»Wann präsentieren Sie mir den Mörder?« Die Ungeduld in ihrer Stimme machte mich nervös.

»Frau Dr. Behringer, die Ermittlungen gestalten sich etwas komplizierter, als ich gedacht hatte.«

Sie leerte ihr Glas in einem Zug und erhob sich wieder. »Darauf trink ich doch gleich noch mal.«

Ich fragte mich ernsthaft, wie oft am Tag sie das wohl tat. Und mit einem Mal tat sie mir noch mehr leid, und ich fühlte mich grauenvoll, dass ich noch nichts erreicht hatte. Mir war nicht einmal in den Sinn gekommen, wie sie sich fühlen musste. Der Verdacht, eine Mörderin zu sein, und die Gewissheit, dass jeder Goldthäler von diesem Verdacht wusste. Vom Amt befreit worden zu sein schien sie am meisten zu beschäftigen, was ich nachvollziehen konnte. Wenn man mich nicht mehr in meine Bücherei lassen würde, würde es mir wahrscheinlich ähnlich gehen.

»Ich habe mehrere Verdächtige im Blick und gehe den einzelnen Spuren nach. Ich wünschte wirklich, ich könnte Ihnen etwas mehr bieten.«

»Das ist doch schön.« Behringer blickte tief in ihr Glas, und mir war nicht klar, was sie zu finden hoffte. Und es klang fast danach, als hätte sie aufgegeben. »Ich hatte meine ganzen Hoffnungen in Sie gelegt, Fuchs. Jeden Fall lösen Sie im Schlaf, und bei mir scheitern Sie. Welche Ironie. Es war naiv von mir, zu glauben, dass Sie das schaffen.«

»Ich will Ihnen ja helfen, aber das ist ein anderes Kaliber als ein brennender Mülleimer.«

»Wenn Sie mir wirklich helfen wollen würden, hätten Sie sich mehr angestrengt. Sie sitzen hier auf meiner Couch und jammern. Wenn Sie immer so arbeiten, würde ich mir Gedanken machen.«

Wums, das saß.

Im ersten Moment fehlten mir die Worte, und Wut begann sich in meiner Magengegend zu kanalisieren. Und mit einem Mal machte es klick, sie hatte vollkommen recht. Ich hatte mich nicht genug angestrengt. Hatte mich viel zu schnell entmutigen oder zur Seite schieben lassen, und wenn ich an den Dorfbiddl und seine Strafzettel dachte, musste ich nur den Kopf schütteln. Mein alter Biss war mir verloren gegangen, und es war Zeit, diesen wiederzuerlangen.

Ich klatschte mir selbst auf die Schenkel. »Erzählen Sie mir noch einmal von Ihrem Alibi in der Mordnacht, und dieses Mal bitte die ganze Version.«

Nachdem Behringer mich darum gebeten hatte, für sie zu ermitteln, hatte ich sie nach möglichen Feinden und ihrem Alibi gefragt. Sie war mir mit Ausflüchten gekommen und hatte ihr Alibi etwas frisiert, vermutlich aus Angst, was ich von ihr halten würde, würde ich die Wahrheit erfahren.

»Erzählen Sie mir alles, nackt und unverblümt.«

»Schön, wenn es Ihnen Spaß macht, mich noch weiter am Boden liegen zu sehen. Ich habe wie immer bis neunzehn Uhr gearbeitet, war danach kurz einkaufen, und im Anschluss hatte ich eine Verabredung, die bis in den frühen Morgen ging.«

»Mit wem?«

Behringer zog die Augenbraue hoch. »Das geht Sie nichts an.«

»Soll ich nun Ihren Fall aufklären oder nicht? Wenn ja, dann müssen Sie mir alle Informationen zur Verfügung stellen und mir vertrauen.«

»Florian Krupp. Wir haben eine Affäre. Zufrieden?«

Mein Gehirn brauchte einen Moment. »Etwa der Florian Krupp von Krupp und Söhne, der das Kurzentrum bauen sollte?«

»Jep.«

Jetzt fehlten mir tatsächlich die Worte.

»Ersparen Sie mir bitte eine Moralpredigt.«

Natürlich lag mir einiges auf der Zunge, wie unmoralisch es von ihr war, ihre Position so schamlos auszunutzen. Und dass sie sich schämen solle. Aber ich schwieg.

»An der Führungsspitze ist es einsam, Frau Fuchs. Ich bin eine Frau und habe meine Bedürfnisse. Es ist rein körperlich, mehr nicht. Und es ist eh vorbei.«

»Wer hat Schluss gemacht und warum?«

»Spielt das eine Rolle?«

»In der Tat. Also?«

»Ich. Mit den Ausgrabungen und den Funden, die Kleinwächter zutage förderte, rückte mein Kurzentrum immer weiter in die Ferne. Ich wusste, warum sich Florian mit mir traf und was er sich davon erhoffte. Also beendete ich es, bevor er es tun konnte. Etwas Stolz habe ich noch.«

»Wie hat er es aufgenommen?«, erkundigte ich mich, konnte es mir aber fast schon denken.

»Was glauben Sie?« Behringer verzog das Gesicht.

»Hat er Ihnen wehgetan?«

Sie schüttelte den Kopf. »Mir nicht, aber ein paar Möbelstücke werde ich erneuern müssen.«

Wenn das nicht nach einem Psychopathen klang, dann wusste ich auch nicht.

»Denken Sie, dass er etwas mit dem Mord zu tun haben könnte?«

Sie schwieg, starrte wieder in ihr Glas, und ich glaubte, nie eine Antwort auf meine Frage zu bekommen. Schließlich sagte sie leise: »Er hat mir Angst gemacht, aber ich glaube nicht, dass er Kleinwächter umgebracht hat.«

»Weil man nie denkt, dass ein Mensch dazu fähig ist, nicht wahr? Denken Sie doch nur einmal an Winter und –«

»Ja, Sie haben recht. Man kann den Menschen nicht in die Köpfe schauen.«

»Es wäre ja möglich, dass er Kleinwächter für die Absage des Kurzentrums verantwortlich machte, und wenn ... wenn Kleinwächter nicht mehr da ist, wäre dieses Hindernis aus dem Weg geräumt.«

»Glauben Sie wirklich?«

»Wusste Kleinwächter von der Affäre?« Jetzt war ich in Fahrt gekommen.

»Woher hätte er das wissen sollen? Wir waren sehr vorsichtig.«

Sie erzählte mir, dass sie sich stets bei ihr getroffen hätten. Einmal habe sie ihm die Wohnungsschlüssel gegeben, weil sie sich verspäten würde.

»Das würde erklären, wie er an Ihren Lippenstift gekommen ist.«

Vorna hui ond henda pfui!

Krupp und Söhne.

Ich ließ meinen Blick durch die Eingangshalle wandern und konnte nur den Kopf schütteln. Groß, größer und protzig. Alles war aus Stahl und verglast. Seltsame abstrakte Kunstwerke zierten die Eingangshalle. Brrr, Gänsehaut.

Keine Ahnung, was Behringer sich von solch einem Unternehmen für Goldthal erhofft hatte. Ich marschierte mit flotten Schritten auf den Empfang zu und wusste schon, was mich erwarten würde.

Vor mir stand ein junger Mann, dünn, mit undefiniertem Muskelbau und schlechter Körperhaltung, der hektisch in sein Headset sprach und in den Bergen von Unterlagen, die überall auf dem Empfangstresen lagen, zu ertrinken drohte. Er würde stottern, sich unsicher umschauen und alles daransetzen, mich aufzuhalten. Dafür hatte ich heute keine Zeit. Zeit war Geld, und ich hatte beides nicht. Ich dachte an Meryl Streep und wie unfassbar *bossy* sie in »Der Teufel trägt Prada« gewesen war. Ich beschleunigte meine Schritte und rauschte an ihm vorbei.

»Ent… Entschuldigung, wohin wollen Sie?«

Ich drehte mich um, »Ganz nach oben, Schätzchen«, und deutete mit dem Zeigefinger an die Decke.

Unbeirrt hielt ich meinen Kurs, eilte zu den Aufzügen und hatte Glück, als ich mich noch durch den Türspalt pressen konnte. Selbstzufrieden winkte ich dem armen Mann zu, der durch mich vermutlich sehr viel Ärger bekommen würde.

Mit einem lauten »Pling« kam ich in einer der oberen Etagen an. Sobald sich die Fahrstuhltür geöffnet hatte, begann ich meinen Sprint. Behringer hatte mir verraten, wo ich

Krupp antreffen würde. Ich lief den Gang entlang und direkt auf Krupps Büro zu.

Krupp stand in einem teuren Anzug hinter seinem Schreibtisch und sprach in sein Headset.

»Sie ist gerade hier angekommen. Und Karl, beim nächsten Mal passt du besser auf, oder die Firma hat einen Mitarbeiter weniger.« Er tippte auf einen kleinen Knopf am Headset und nahm es ab.

Ich schluckte. Krupp war äußerst attraktiv – kein Wunder, dass Behringer schwach geworden war und von ihm naschen musste. Die dunklen Haare und Augen, die markanten Gesichtszüge, die raue Stimme. Und er schien viel für seinen Körper zu tun, im Gegensatz zu dem Lauchmelder aus dem Erdgeschoss.

Krupp erinnerte mich an eine Raubkatze. Schön anzusehen, faszinierend und gefährlich. Man sollte sich lieber von ihm fernhalten, ich war jedoch zu sehr von ihm angetan, um klar denken zu können.

»Sie übergehen die Sicherheitsstufen und stürmen ohne triftigen Grund in mein Büro. Hatten wir ein Date, und ich habe vergessen, anzurufen? Wobei, an so eine heiße Schokolade würde ich mich erinnern.« Sein Gesicht hatte mit einem Mal hungrige Züge angenommen.

»Ekelhaft«, sagte ich nur und schüttelte mich. Es gehörte nicht zu meinen Lieblingsdingen, mit Essen verglichen zu werden, nur weil meine Hautfarbe sich von der dieser weißen Idioten unterschied. Ich konnte solche Männer nicht ausstehen, und mein Hirn hatte wieder genug Sauerstoff erhalten. Würde diesem Schleimbeutel auch mal guttun.

Krupp sah mich verwundert an und schien es wohl nicht gewohnt zu sein, einen Korb zu bekommen.

Mein Mitleid hielt sich in Grenzen. Es gab für alles ein erstes Mal. »Catia Behringer schickt mich.«

Er wies auf den Stuhl gegenüber.

Ich verneinte. »Danke, ich stehe lieber.«

»Wie Sie meinen. Sind Sie von der Polizei?«

Die Frage musste natürlich kommen. Und was tat eine richtige Ermittlerin? Sie gab dem Gegenüber genau das, was er hören wollte. »Ich bin ein Teil des Ermittlungsteams, richtig.«

»Was wollen Sie? Sie sehen ja, ich habe viel zu tun.«

Das konnte ich sehen, der Schreibtisch war leer und er am Baggern. Krupp löste den Knoten seiner Krawatte etwas und war vor seinen Schreibtisch getreten.

»Ist es korrekt, dass Sie eine Affäre mit Catia Behringer hatten?«

Er grinste. »Eine Frau, die gleich zur Sache kommt, gefällt mir.«

»Also?«

»Korrekt«, antwortete Krupp und ließ einen Stift zwischen seinen Fingern hin und her wandern.

»Braucht Ihre Firma so dringend den Auftrag für das Kurzentrum?«

»Es war Spaß. Unverbindlicher, schmutziger Spaß. Sie wissen doch sicher, wie man so was macht.«

Ich stöhnte genervt auf. »Und?«

»Und irgendwann kam die Sprache auf das Kurzentrum, und ich ergriff die Chance. Ganz simpel.«

»Ganz simpel, soso. Ich nenne so etwas Betrug und nichts anderes.«

»Nenn es, wie du willst, Schätzchen. An meiner Stelle hätte jeder das Gleiche getan.« Er strich sich sein Haar zurück. »Und ich kann nichts dafür, dass ich so gut aussehe.«

Ich könnte gar nicht so viel essen, wie ich kotzen wollte. »Sie sind ein richtiger Kracher, ich verstehe schon. Und als Behringer Ihnen den Laufpass gab, fanden Sie das wohl nicht mehr so lustig. Kein Schnackseln mit der Bürgermeisterin bedeutet, dass der Auftrag für Ihre Fima weg war. Das konnten Sie sich nicht gefallen lassen.«

»Soll heißen?«

»Stellen Sie sich nicht so dumm. Erst haben Sie Ihre Wut an den Möbeln von Behringer ausgelassen, und als das den Ärger nicht vertrieben hat, musste ein neuer Plan her: Die Bürgermeisterin musste weg. Ein schlüpfriger Skandal hätte dafür nicht ausgereicht. Und schwups, haben Sie Behringer einen Mord untergeschoben. Zugleich hat der Tod von Kleinwächter bedeutet, dass die Ausgrabung nicht weitergeht. Was in Ihrem Kopf sicherlich auch Sinn gemacht hat.«

Krupp lachte. In langsamen Schritten kam er auf mich zu und hatte immer noch diesen hungrigen Blick. Er leckte sich über seine Lippen und umkreiste mich wie ein Leopard seine Beute. Ich widerstand dem Drang, meine Handtasche enger an meinen Körper zu ziehen. Wie ich diese Angst hasste. Aber er durfte nicht merken, welchen Eindruck er auf mich machte.

»Und warum sollte ich das tun?«

»Haben Sie mich nicht verstanden? Sie hatten ein klares Motiv und die Möglichkeit.«

Ich hatte nicht die leiseste Ahnung, wie er mir so nahe kommen konnte. Das beklemmende Gefühl in meiner Brust wurde immer enger.

»Nur weil Catia mir nicht mehr ihre Dienste anbieten wollte? Lächerlich. Ich kann jede Frau haben, die ich will.« Mit zwei schnellen Schritten stand er nun direkt vor mir. Was glaubte dieser Mistkerl, was er hier tun konnte? Frauen wie ein Objekt behandeln, sie bedrängen, ihnen das Gefühl vermitteln, nichts wert zu sein? Niemals würde ich mir das gefallen lassen! Ich presste meine Kiefer aufeinander.

»Haben Sie sonst noch irgendwelche Anschuldigungen für mich?«

»Nun«, sagte ich und lächelte ebenfalls, »folgt eine Lektion anhand eines Songs.« An dieser Stelle ein großes Dankeschön an Gracie Lou Freebush aus »Miss Undercover«. Und zum

Glück trug ich heute meine schweren Schneestiefel, mit denen ich Krupp einen kräftigen Tritt auf den Fuß verpasste.

Krupp jaulte auf und griff sich an seinen pochenden Fuß.

»Miststück.«

»Nein heißt Nein, du Arschloch.«

Keine Ahnung, wo ich plötzlich diese Kraft hergehabt hatte. Und ich war so unfassbar wütend auf dieses Ekelpaket. Kein Mensch hatte das Recht, so etwas mit jemand anderem zu machen.

»Und dann hast du den Nussknacker gespielt«, gab Jonas meinem Bericht die richtige Schlussnote.

»Richtig«, erwiderte ich.

Nach meinem Besuch bei Krupp war ich sofort zu Jonas gefahren, um ihm davon zu erzählen. Und um aus der Schusslinie zu kommen, schließlich hatte ich da gerade eine Straftat begangen. Ich, die Superermittlerin. Hoffentlich hatte er in seinem Schmerz vergessen, dass Körperverletzung etwas war, was man anzeigen konnte. Ich hatte wieder meine Stammposition am Tresen bezogen und nippte an meinem Tee. Ich hatte Jonas und Oma Lotte, die ebenfalls anwesend war, ein kurzes Update gegeben.

Oma Lotte wackelte mit dem Kopf. »Mädle, dir hed woiß God was bei dem Irra passiera kenna. Wie unverantwortlich von dr. Und jetzt iss des, des isch guad für di.« Sie schob mir einen vollen Teller mit Gemüseeintopf mit reichlich Backerbsen rüber.

»Es ist ja zum Glück alles gut gegangen, und wir haben eine neue Erkenntnis gewonnen.« Ich sollte am besten nicht erwähnen, wie ich in die Kirche »eingebrochen« war.

»Ach ja, und des wär?« Oma Lotte hatte die Hände in die Hüften gestemmt.

»Krupp ist völlig verrückt und zu allem fähig. Wir haben einen neuen Verdächtigen.«

»Hoffentlich bekommen wir ihn aus dem Verkehr gezogen. Aber dafür braucht es ja nicht viel. Zeig ihm eine hübsche Frau, und schon denkt er mit seinem Untergeschoss.« Jonas grinste.

»Ihr sollded des nun wirklich dr Polizei überlassa. Hier.« Oma Lotte schob ihrem Enkel auch einen Teller Suppe zu und wuschelte ihm durchs Haar. »Dann könndesch di endlich um andre Dinge kümmra, als di ständig in Gefahr zu bringa.«

»Und das wäre was?« Jonas schob sich einen Löffel mit Suppe in den Mund.

»En Partner zu finda.«

»Oma, nicht schon wieder.«

»Isch doch wahr. Du bisch scho so lang allein, und i will ned, dass du allein zurückbleibsch. I werd ned ewig hier sei.«

Jonas rollte mit den Augen. »Du wirst ewig leben.« Er küsste sie auf die Wange, und Oma Lotte schmunzelte.

»Du bisch wie dei Vater, en Träumer.« Sie schüttelte den Kopf und ließ uns allein.

»Und was machen wir jetzt?«, fragte Jonas.

»Wir müssen uns jetzt überlegen, wie wir einen von unseren vielen Verdächtigen dingfest machen können.«

's isch älles ned so oifach, wenn mr's doppelt nemmt

»Was genau führst du im Schilde?«

»Wie kommst du darauf, dass ich etwas vorhabe?«, fragte Tom. Sein Tonfall klang zu unschuldig und verriet ihn damit. Normalerweise war das meine Verschleierungstaktik, und deswegen kannte ich mich damit bestens aus.

Seine Laune war seit gestern mehr als gut. Kein Wunder, er hatte einen richtigen Lauf im Fall der Kunstfälschungen. Die Analyse des Experten zu den Farben und der Firma, die diese herstellte. Und Toms Team hatte die unbekannte Nummer, die Kleinwächter angerufen hatte, einem Wegwerfhandy zuordnen können, das in Ebersbach an der Fils in einem Mülleimer aufgefunden worden war.

»Es ist Wochenende, und du fährst mit mir zu einem Spatag? Da stimmt doch etwas nicht.«

»Du bist viel zu misstrauisch. Das ist mein nachträgliches Geschenk zu unserem Hochzeitstag. Die Erholung wird uns guttun.«

Ich schnaubte. »Wir hätten uns auch zu Hause erholen können und nicht extra in die Hauptstadt fahren müssen.« Oh Gott, ich klang schon wie ein richtiges Landei.

Tom verzog seine Lippen zu einer Schnute. »Hätte, hätte, Fahrradkette. Jetzt sei mal nicht so ein Miesepeter und lass uns den Tag genießen.«

»Kann es vielleicht sein, dass ihr etwas in Goldthal vorhabt und ich nichts davon erfahren soll?« Hier war doch was im Busch.

»Unsinn, wie kommst du darauf?« Er wich meinem Blick aus. »Und jetzt komm, jetzt ist Entspannung angesagt, oder willst du noch weitere Verschwörungstheorien aufstellen?«

»Das ist keine Theorie, das sagt mir meine Spürnase.«

»Dann gönne deiner Nase doch mal eine Pause und komm mit mir in den Whirlpool.« Er reichte mir seine Hand und zwinkerte mir anzüglich zu.

»Schön.« Meine Finger umschlossen seine, und ich trottete ihm hinterher in meinen Badelatschen und eingehüllt in den weichsten Bademantel, der je meinen Körper berührt hatte.

Tom hatte recht behalten. Der Vormittag in diesem Wellnesspalast hatte sich wirklich gelohnt. Die bisherigen Anwendungen waren genial gewesen. Und ich wollte mehr davon! Aufgeräumt schlurften wir durch den Flur der Anlage, bis mir ein Gedanke kam. Wie hatte ich das nur vergessen können? Vor lauter Wohlfühlfaktor hatte sich mein Gehirn in den Urlaub verabschiedet.

»Einen kleinen Moment bitte, ich muss nur kurz für kleine Bibliothekarinnen.« Ich entschwand in Richtung Toiletten.

Kaum hatte ich die Kabinentür hinter mir geschlossen, zog ich mein Handy aus der Seitentasche hervor. Mit flinken Fingern schrieb ich eine Nachricht an Jonas und Luis: »Mein Mann hat mich in einen Spatag entführt, und ich komme hier nicht so schnell weg. Tom scheint irgendwas in Goldthal geplant zu haben, was ich nicht erfahren soll. Bitte behaltet die Kirche heute im Blick, das sagt mir mein Gefühl. Danke, ihr beiden, ihr habt etwas gut bei mir <3.«

Kommt schon, ich brauche eine Antwort, flehte ich das Handy an.

Jonas schickte mir unverzüglich einen Daumen hoch, ohne Fragen zu stellen. Schön, dass manche Dinge ganz unkompliziert abliefen.

»Ein Glück«, tippte ich schnell zurück und verstaute mein Handy wieder in meinem Bademantel.

»Unsere nächste Behandlung steht gleich an«, hörte ich Tom schon vor der Tür rufen. »Ist alles in Ordnung bei dir?«

»Bestens«, flötete ich und spürte das kleine Biest, auch Schuldgefühl genannt, an mir nagen.

Der Spatag hatte mir gutgetan, und ich fühlte mich um einiges vitaler. Whirlpool, Sauna, Schlammbad und zum Abschluss eine Paarmassage. Tom hatte ins Schwarze getroffen. Dagegen stank mein Hochzeitsgeschenk, Eintrittskarten fürs Planetarium, wirklich ab.

So erholt gefühlt hatte ich mich das letzte Mal auf unserem Urlaub auf Malta vor zwei Jahren. Drei Wochen Sonne, Meer und leckeres Essen. Mein Herz schlug bei der Erinnerung schneller. Den Trip mussten wir dringend wiederholen.

Nun hatten wir uns fein herausgeputzt, und es fiel mir sehr schwer, meinen Blick von Tom abzuwenden. Er trug die Chinos, die seinem Knackpo so schmeichelten, ein blaues Hemd und das leckere Parfum, das ich so sehr an ihm liebte. Wenn ich ihn nicht schon geheiratet hätte, würde ich es spätestens jetzt tun.

Tom sah mich verlegen an. »Habe ich etwas im Gesicht, oder warum starrst du mich so an?«

»Darf ich meinen gut aussehenden Ehemann etwa nicht anschmachten?«

Er lachte. »Weißt du schon, was du essen willst?«

»Zu viel Auswahl«, antwortete ich und konzentrierte mich wieder auf die Speisekarte. Wir saßen bei »Mama Osayi«, einem kleinen afrikanischen Restaurant in der Innenstadt.

Während ich mich in der Karte verlor, klingelte Toms Diensthandy und weckte meine Aufmerksamkeit.

»Fuchs. Ja, Björn, was gibt es?«

Das Handy in meiner Tasche begann zu vibrieren. Gutes Timing. Ich zog es hervor, eine Nachricht von Jonas:

»Luis und ich sitzen hier vor der Kirche und werden von irgendwelchen Leuten beobachtet. Du hattest recht, hier ist was nicht okay.«

»Bingo. Behaltet die Verbrecher im Auge«, tippte ich und warf einen flüchtigen Blick zu meinem Mann, der mit seinem Telefonat beschäftigt war.

»Was soll das heißen, da sitzen zwei im Auto und beobachten die Kirche?« Tom verzog seine Augenbrauen.

Oh, oh. Ich ahnte nichts Gutes und sendete Jonas eine Nachricht hinterher: »Wie auffällig seid ihr?«

Seine Antwort kam innerhalb weniger Sekunden. Sein »Keine Ahnung« verursachte mir Herzrasen. Wahrscheinlich waren sie so auffällig wie ein Elefant im Porzellanladen.

»Verschafft euch von den Beobachtern einen Überblick«, tippte ich. Angriff war ja oft die beste Taktik.

Tom seufzte schwer. »Okay, wir machen es so. Konzentriert euch auf die Ermittlungen. Geht mal rüber und schaut euch die Jungs an. Ich will wissen, was die da tun. Kann ja auch etwas Unschuldiges sein.«

Es vergingen ein, zwei Sekunden, bevor Tom wieder in seinen Hörer sprach und auflegte. Sein Blick durchbohrte mich und wäre für die Käseindustrie sicherlich eine Bereicherung gewesen, um ihre Milchprodukte zu löchern.

Ablenkung, ich brauchte schnell ein anderes Thema. »Mensch, habe ich einen Bärenhunger. Wollen wir bestellen?«

Tom legte sein Handy auf den Tisch und sagte: »Sag mir bitte nicht, dass du etwas damit zu tun hast. Oder warum schleichen deine Freunde vor der Kirche herum?«

Aus der Nummer würde ich nicht mehr so schnell herauskommen.

»Ich berufe mich auf mein Aussageverweigerungsrecht.«

»Also willst du dich selbst nicht belasten, Frau Ermittlerin Fuchs? Ich verstehe schon.«

»Ich weiß nicht, wie du darauf kommst.« Er sollte wirklich nichts davon erfahren, dass ich mich mit der Ex von Kleinwächter unterhalten hatte. Oder dass mich der Pfarrer bei meinem »Einbruch« überrascht hatte.

Er schnaufte genervt. »Nicht mal beim Spatag hat man seine Ruhe vor dir!«

Recht hatte er. Ich grinste unschuldig und winkte den Kellner zu uns.

Von de alde Kaddza lernad d' Jonge 's Mausa

Das waren sie also, die Pfeiler der Gemeinde. Die Landfrauen und der Heimatbund unter Führung von Annette Pötzsch.

Die Demonstration hielt trotz dieser Kälte weiter an. Und ich wusste nicht, wie so etwas möglich sein konnte, aber die Demonstranten hatten sich ein kleines Dorf bei den Ausgrabungen erschaffen. Zelte, Heizstrahler, Lichterketten, kleine Buden, an denen man Essen oder Plakate, Buttons, Ketten und sonstigen Kram erwerben konnte. Man konnte von Pötzsch halten, was man wollte, aber mobilisieren konnte sie die Meute. Vermutlich besser als der Schlüpfer. Selbst den Kirchenchor konnte ich sehen und hören, wie sie ein weihnachtliches Lied nach dem anderen zum Besten gaben.

Ich warf einen Blick in eines der Zelte. Pötzsch stand in Hut und Mantel vor einigen Zuhörern und schwang eine Rede darüber, wie wichtig es sei, jetzt standhaft zu bleiben, egal, wie hart es auch sein möge, es zahle sich aus.

Sie hielt ein Schild hoch, auf das sie ein Bild der Ausgrabungsstätte geklebt und mit ziemlich wüsten Beleidigungen verziert hatte. Da kam wohl die Kindergärtnerin in ihr durch. »Mir lassed uns doch ned von denen Erdbuddler hier vertreiba! Sollet die doch ganga. Soll se doch dr Blitz beim Scheißa treffa! Des isch unser Acker. Mir bleibed!«

Wenn ich es nicht besser wüsste, würde ich behaupten, Pötzsch hatte den Kampf gegen die Archäologen zum Herzensprojekt erkoren, sie schien einen mächtigen Hass auf diese Berufsgruppe zu schieben. Sie war definitiv eine Hauptverdächtige! Als könnte Pötzsch meine Gedanken hören, traf mich ihr Blick, der voller Abneigung war. »Mir lassed uns ed vertreiba, weder von dene Erdbuddler, de Bulla no von sonstige Amateure!«

Das war wohl für mich bestimmt gewesen. Ihre Anhänger jubelten und grölten vor Begeisterung. Ich hob schützend eine Hand vors Gesicht und ging schnell weiter, bevor man mich sah und steinigte.

Ich musste noch einmal mit Dettmann sprechen. Tante Marlies' Fund und dieser kleine Giftzwerg Schönborn ließen mir keine Ruhe.

»Hallo, Dettmann«, begrüßte ich die junge Archäologin und war froh, sie vor dem Zelt anzutreffen.

»Hallo, Fuchs, ganz schön was los hier«, sagte sie und deutete auf die Demonstranten, die in unserer Nähe standen.

»Die Welt scheint im Moment wirklich verrücktzuspielen.« Ich schüttelte den Kopf. »Wie geht es Ihnen, kommen Sie mit den Ausgrabungen gut voran?«

»Es läuft so semigut, die Wetterbedingungen sind jetzt nicht die besten, aber ich bin Schlimmeres gewohnt. Wird schon.«

»Schlimmeres? Da stelle ich mir eine alte Mayapyramide mit Schlangen und Tigern vor«, lachte ich und zeigte deutlich, dass ich keine Ahnung von der Materie hatte.

»So ungefähr. Sehen Sie dieses Ekelpaket dahinten?« Dettmann nickte zu einem jungen Mann, der sich mit Sabrina Vögele, der örtlichen Plage, Entschuldigung, unserer örtlichen Reporterin, unterhielt. Die beiden schienen sich ausgiebig zu unterhalten, das Duo Infernale, das konnte ja nichts Gutes heißen.

»Krupp«, krächzte ich und dachte an unsere unschöne Begegnung zurück.

»Sie kennen ihn?«

Ich legte den Kopf schief. »Kennen wäre zu viel gesagt. Was will er denn?« Jetzt schlich der hier auch noch rum. Pötzsch reichte doch schon vollkommen aus.

Dettmann lachte. »Er wollte uns bestechen, damit wir hier verschwinden und er irgendeinen Betonklotz hinpflanzen kann. Das muss man sich mal vorstellen.«

Der hatte sie ja wirklich nicht mehr alle. »Und was sagt Ihre Chefin dazu?«

Dettmann sah sich um und beugte sich zu mir vor. »Die ist völlig angepisst. Kleinwächter habe alles ruiniert, und man könne hier alles begraben. Ich könnte mir gut vorstellen, dass sie auf das Angebot eingehen würde. Wenn Sie mich fragen, ist hier irgendwas im Busch, und das stinkt schlimmer als diese komischen Tofuwürstchen von dahinten. Ekelhaft.«

Interessant, sehr interessant. »Von was genau sprechen Sie, Dettmann?«

»Ich brauche Ihre Hilfe. Sie sind doch diese schnüffelnde Bibliothekarin, von der man in der Zeitung liest?«

Sollte ich das als Kompliment oder als Beleidigung auffassen? Womöglich als beides. Ich überlegte, wie sich das auf einer Visitenkarte machen würde.

»Ja, die bin ich. Wie kann ich Ihnen helfen?«

Sie atmete auf. »Ich weiß, wer Kleinwächter umgebracht hat.«

Wums.

Damit hatte ich nun wirklich nicht gerechnet.

»Waren Sie schon bei der Polizei?«

Dettmann schüttelte den Kopf. »Denen ist nicht zu trauen.«

Vertrauen hin oder her, sie musste mit ihrem Verdacht zur Polizei, damit der Mörder geschnappt werden konnte. Vielleicht konnte ich sie dazu überreden, mit Tom zu sprechen. Ihre Skepsis konnte ich verstehen, aber für meinen Ehemann würde ich die Hand ins Feuer legen.

»Ich werde Ihnen helfen. Wer war es?«

»Nicht hier und jetzt. Wir treffen uns nachher um dreiundzwanzig Uhr vor der Kirche.«

»Und was –«

»Ich dachte, ich hätte mich beim letzten Mal deutlich ausgedrückt.« Der kleine Feldwebel Schönborn war aus dem

Zelt getreten und wirkte alles andere als in weihnachtlicher Stimmung. »Du wirst hier fürs Arbeiten bezahlt und nicht für irgendwelche Kaffeekränzchen. Rein mit dir.«

»Und Sie …«, knurrte Schönborn mich an, »… haben hier nichts verloren, haben Sie das endlich verstanden?«

»Schon gut.« Ich hob beschwichtigend die Hände, bevor der Giftzwerg handgreiflich wurde. Dettmann formte mit ihren Lippen ein »Sorry« und verschwand im Zelt.

Ich war noch eine Weile geblieben, hatte ein paar bekannte Gesichter getroffen und Gespräche geführt. Als die Kälte sich immer mehr in meine Knochen fraß, war es Zeit, nach Hause zu fahren.

»Ich hasse den Winter«, plapperte ich vor mich hin und zog den Mantel enger um mich. »Wenn ich zu Hause bin, brauche ich dringend eine Suppe, brrr.« Ich schlitterte zu meinem Auto und konnte einen weißen Gegenstand unter meinem Scheibenwischer erkennen. »Dorfbiddl, du …«, wollte ich schon fluchen und erkannte beim Näherkommen, dass es sich nicht um einen Strafzettel handelte, wie ich vermutet hatte.

»Ein Brief.« Ich nahm das Fundstück und sah mich suchend um, ob mich jemand beobachtete. Ich öffnete den Umschlag und zog zwei Bilder hervor. Auf einem war Tom und auf dem anderen war Marlies zu sehen. Die Worte waren klar und deutlich zu lesen, obwohl das Blatt vom Schnee feucht geworden war. Der Briefeschreiber hatte sich die Mühe gemacht und die Nachricht am PC geschrieben und anschließend ausgedruckt. Wahrscheinlich, weil man die Handschrift sonst erkannt hätte. Mir blieb der Atem weg, als ich die Botschaft gelesen und verstanden hatte.

Weiteres Schnüffeln und es stirbt jemand. Wer soll der Nächste sein?

Was Gschwäddz isch, isch Gschwäddz

»Du hast es also wieder mal geschafft«, fasste Jonas das Offensichtliche zusammen.

»Richtig«, antwortete ich und betrachtete die beiden Fotos von meiner Familie.

Ich wusste nicht, wen oder wann ich jemanden gegen mich aufgebracht hatte, aber das war gut, redete ich mir ein. Ich hatte nun wohl den richtigen Kurs bei dieser Mordermittlung gefunden.

»Jetzt müssen wir nur noch rausfinden, wem ich ans Bein gepinkelt habe. Dem Schlüpfer, Pötzsch oder Krupp. Ganz einfach.«

»Ja, genau, so einfach wie das Amen in der Kirche, da hast du recht.« Jonas rollte mit den Augen und nahm mir die Bilder ab. »Du musst mit Tom darüber sprechen, bevor was passiert.«

»Was soll schon passieren?«, fragte ich. »Wir müssen nur schnell genug ermitteln und fertig. Gibst du mir mal die Schere? Danke.«

»Das wird kein gutes Ende nehmen, das fühle ich in jeder Faser meines Körpers.«

»Du bist ein alter Schwarzmaler. Sehr schön, die Medien sind angekommen.« Ich hatte den Karton, der heute Morgen geliefert worden, geöffnet. Luis hatte sich richtig reingekniet und ein attraktives Medienangebot für Schlüpfers Integrationssonderstandort erstellt. Literatur in leichter Sprache, zweisprachige Bilderbücher, Bildwörterbücher, Tonieboxen, DVDs mit Untertiteln. Wir konnten damit wirklich was Tolles auf die Beine stellen. Zum Beispiel eine zweisprachige Vorlesestunde.

»Hier isch ja no jemand!« Schnaufend kam Bäuerle in die Bücherei geeilt.

»Sie haben Glück, ich wollte gleich zumachen. Womit kann ich Ihnen helfen?«

»I bin fix und fertig!« Bäuerle lockerte ihren Schal und schnappte nach Luft.

»So siehst du auch aus. Was ist wieder passiert?«, fragte Jonas und warf mir einen kurzen Blick zu.

Wir wussten beide, dass Bäuerle irgendwelche brandaktuellen News für uns hatte. Die wollten wir uns natürlich nicht entgehen lassen.

Bäuerle riss die Augen weit auf. »Die händ d' Annette abgführt!«

»Die?« Jonas zog die Augenbraue hoch.

»Na, die Polizei nadierlich!« Bäuerle hatte sich die Hände an die Wangen gelegt und sah dem Bild »Der Schrei« von Edvard Munch zum Verwechseln ähnlich.

»Warum sollten sie das tun?«, erkundigte ich mich. »Sie hält mit ihrer Demo die ganze Stadt auf Trab, aber sie deshalb gleich abführen?«

»D' Annette hat heit Nacht die Ausgrabungsstätte demoliert. Und dui Nuss war so bleed und had ihre Plakate liega lassa. Und zack isch se vorher abgführt wora.« Bäuerle klatschte in die Hände. »So, jetzt muss i aber weiter. Ach übrigens, da draußa liegt en riesiger Altkloidersack vor dr Tür.« Bäuerle rümpfte die Nase. »Des sieht ed schee aus.«

Und weg war sie.

Ich zuckte mit den Schultern, keine Ahnung, was Bäuerle glaubte gesehen zu haben. »Ich werfe mal einen Blick vor die Tür«, sagte ich und zog mir schon meinen Mantel an.

Es war bereits dunkel geworden, und die Bücherei würde in Kürze schließen. Ich wollte den Abend mit Jonas verbringen und mich dann später mit Dettmann vor der Kirche treffen. Draußen wurde ich von einer eisigen Windböe empfangen.

»Brrr, bei solch einem Wetter würde ich nicht mal einen Hund rausjagen.«

Den Kleidersack, den Bäuerle gesehen haben wollte, hatte ich gefunden. Für mein geschultes Auge hatte es jedoch recht wenig mit einem Kleidersack gemein. Ich hatte einen Verdacht und konnte nur hoffen, dass ich mich täuschte. Ich beugte mich hinab und warf einen genaueren Blick auf den Sack, der keiner war. Es traf mich wie ein Kanonenschuss von hinten. Übelkeit stieg in mir auf, und ich hatte mit einem Mal das dringende Bedürfnis, mich zu setzen. So schnell mich meine Füße trugen, eilte ich in die Räume der Bücherei zurück.

»Und, wie schlimm ist der Kleidermüll? Ich kann die Menschen einfach nicht verstehen. Es gibt Secondhandläden und Container für Kleiderspenden. Muss das sein?«

»Jonas?« Meine Stimme klang seltsam hohl, selbst für meine Ohren.

»Was denn?«

Ich versuchte, die aufsteigende Übelkeit zu unterdrücken. »Das ist keine Kleiderspende. Das ist eine Leiche. Sina Dettmann, sie ist tot.«

Ois isch gwieß, an Aggr isch koi Wies

»Fuchs. Döhring. Warum tun Sie mir das ständig an?«

Kriminalhauptkommissar Harald Neumüller massierte sich die Stirn.

»Werfen Sie uns gerade einen Mord vor?«, fragte ich ehrlich empört und sah Jonas fassungslos an. Nachdem ich den Kleiderhaufen als Dettmann identifizieren konnte, hatte ich umgehend die Polizei informiert.

Dettmann war davon überzeugt gewesen, den wahren Mörder von Kleinwächter gekannt zu haben, wollte sich mir anvertrauen. Und nun war sie selbst tot. Wenn ich Dr. Hesse, den man gerufen hatte, richtig verstanden hatte, ging man davon aus, dass Dettmann vergiftet worden war. Ich hatte keine äußerlichen Verletzungen erkennen können und auch kein Blut entdeckt. Ich wusste nicht, ob mich das beruhigte oder nur noch mehr verunsicherte.

Es war eine Sache, mit der Ex-Frau des Toten zu sprechen oder einen Pfarrer in einer Kirche zu überraschen, und eine andere, die Leiche jener Person vor der eigenen Bücherei zu finden, die die Identität eines Mörders kannte. Mir wurde schlecht.

Als Tom mit seinem Team hier eingetroffen war, hatten wir einiges zu erklären. Obwohl es da nicht viel zu erklären gab. Nein, wir kannten Dettmann nicht näher. Wir hatten sie nur ein paarmal gesehen, und mehr konnten wir in diesem Mordfall nicht beisteuern. Und Tom war nicht allein gekommen. Er hatte Neumüller mitgebracht. Oder besser gesagt eine virtuelle Ausgabe von ihm. Das Original lag immer noch voll bandagiert im Krankenhaus und funkelte uns beide wütend über die Webcam von Toms Dienst-iPad an.

»Sie beide …«, Neumüller schwang seinen Zeigefinger

zwischen uns hin und her, »... ziehen die Leichen an. Das muss aufhören!«

»Oma würde Ihnen da sicherlich zustimmen.« Jonas nickte.

Der Hauptkommissar knurrte. »Zwei Tote und eine Amateurermittlerin! Ich hätte einfach Buchhalter werden sollen. Fuchs, sagen Sie Ihrer Frau, dass das nicht geht. Ich werde sonst fuchsteufelswild!«

»Chef, sie kann Sie hören«, antwortete Tom und fühlte sich dabei sichtlich unwohl. »Und sehen auch.«

»Gut«, sagte Neumüller. »Und jetzt hören Sie auf, so herumzuwackeln, mir wird übel.«

Er schien heute ausgezeichnete Laune zu haben. Jonas warf mir einen kurzen Blick zu. »Vielleicht sollten wir ihm von dem Brief erzählen?«

»Ich bin mir nicht sicher, ob er das im Moment verkraftet.« Er sah wirklich fertig aus, der arme Mann.

»*Er* kann Sie hören. Jetzt erzählen Sie schon.«

Ich seufzte und erzählte ihm dann von dem Briefumschlag an meinen Scheibenwischern.

»Und jetzt noch eine Morddrohung. Wollten Sie mir noch was verschweigen? Ich sollte Sie einsperren. Alle beide. Dann würde hier endlich Ruhe einkehren.«

Ich überlegte. »Das dürfte alles gewesen sein.«

Neumüller funkelte uns an. »Haben Sie uns alles erzählt, was für die weiteren Ermittlungen wichtig sein könnte?«

Wir waren undercover in die Kunstgalerie der Kamps gegangen, hatten sie erfolglos vernommen. Wir waren bei der Fachtagung gewesen und hatten dort auch nicht viel herausgefunden. Ich war nachts in eine Kirche eingebrochen. Trotzdem presste ich meine Lippen fest aufeinander. Was Neumüller nicht wusste, würde ihn nicht auf die Palme bringen, war das neue Motto.

Wir nickten synchron.

»Gut. Sie halten sich ab sofort aus den Ermittlungen raus, haben wir uns verstanden? Falls Sie noch Fragen haben sollten, wenden Sie sich an Herrn Fuchs. Das war rein hypothetisch gemeint, Frau Fuchs, nehmen Sie die Hand runter.«

»Ich hätte da aber tatsächlich noch eine Frage.«

»Natürlich haben Sie die, wie sollte es auch anders sein.« Neumüller biss sich auf die Unterlippe. »Und die wäre?«

»Gibt es im Fall der verschwundenen Bilder schon etwas Neues?«

»Vielleicht sollten wir der Polizei doch etwas zur Hand gehen.« Jonas spitzte die Lippen und zwinkerte mir zu. Ich wusste gar nicht, dass er so ein böser Junge sein konnte.

Neumüller stöhnte auf. »Kein Wunder, dass ich ständig Migräne habe. Zum Glück haben Sie den beiden nichts von den Videos der Überwachungskamera erzählt.« Er wirkte sehr erleichtert und war sich seines Fauxpas nicht bewusst.

»Habt ihr etwa neue Beweise gefunden?« Ich war baff, davon hatte mein Mann noch nichts erwähnt.

»Ja, zum Glück unterhalten wir uns darüber. Stell dir vor, was uns entgangen wäre.« Jonas nickte mir zu.

»Godd verdammich! Fuchs, Sie haben doch geplaudert.« Neumüller starrte uns finster an.

Tom legte den Kopf schief. »Sorry, Chef, das waren Sie ganz allein.«

»Ich? Unmöglich.« Neumüller wurde ganz blass, das musste ihm sehr unangenehm sein.

»Keine Sorge, wir werden diskret mit der Information umgehen. Wenn Sie uns einweihen.« Jonas grinste die beiden Polizisten an.

Neumüller stöhnte auf. »Schön. Fuchs, berichten Sie den beiden Schnüfflern ganz knapp, was es zu den Filmen zu sagen gibt. Die werden keine Ruhe geben und weiß Gott was anstellen, um an die Informationen zu gelangen.«

»Gegenüber der Galerie von Kamps, der Ex-Frau von

Kleinwächter, gibt es einen Juwelier, der sein Schaufenster per Überwachungskamera bewachen lässt. Wir sind in den Besitz dieser Filme gelangt und gehen diese nun durch. Auf einem davon muss der Kunstfälscher zu sehen sein, der seine Ware an Kamps verkauft. Damit können wir ihn sicherlich überführen.«

»Wie aufregend. Da könnten wir doch helfen! Wir könnten uns als Privatdetektive selbstständig machen und die Ermittlungen unterstützen. Was hältst du davon?«, wandte ich mich Jonas zu.

»Nichts, Sie richten schon genug Schaden an«, knurrte Neumüller. »Und jetzt raus!«

Wer ned will, hat ghett

Sina Dettmann war tot.

Vier kleine Worte, die nicht aufhörten, in meinem Kopf herumzugeistern. Dazu die Bilder von Dettmanns Leiche, wie man sie einfach so vor die Tür der Bücherei gelegt hatte.

Unverzeihlich.

Hätte ich etwas tun können, um sie zu retten? Wenn ich sie dazu gedrängt hätte, mir gleich alles zu erzählen und nicht zu warten? Wäre Dettmann dann noch am Leben?

Fragen über Fragen, die schwer auf mir lasteten. Sosehr ich auch hin und her überlegte, am Ende war sie tot.

Ich saß eingemummelt auf unserer Couch. Eingehüllt in meinen Lieblingsschlabberpulli und die Stricksocken von Tante Marlies. Mrs lag eingerollt wie ein kleiner Igel an meiner Seite, während Miss auf der Fensterbank vor sich hin schnarchte.

»Was läuft hier?« Tom hatte einen Becher mit dampfendem Tee vor mir abgestellt. »Und bitte die Wahrheit.«

Vielleicht war es wirklich an der Zeit, meinen Mann in alles einzuweihen. Das war keine Kleinigkeit mehr, die Kacke war am Dampfen.

Also erzählte ich ihm alles. Von der Fachtagung in Stuttgart, meinen Ausflügen zur Ausgrabungsstätte, meinem nächtlichen Besuch in der Kirche.

»Du bist ja richtig herumgekommen«, kommentierte Tom.

Und von meinem Besuch in der Galerie von Kamps und dem Bild, welches laut Luis aus dem Rathaus stammen musste.

»Mhm«, grummelte Tom und massierte sich das Kinn. »Sehr interessant.«

»An was denkst du?«

»Ich habe da einen Verdacht, aber sprich weiter.«

Er würde mir nicht mehr erzählen, das wusste ich.

Ich überlegte, ob ich noch etwas vergessen hatte.

»Ach ja, da war noch der Besuch bei Krupp. Ihm gehört die Baufirma, die mit dem Kurzentrum beauftragt war. Er hat sich diesen Auftrag mit Sex erschlichen und Behringer dafür benutzt. Dem ist nicht zu trauen.« Allein bei der Erinnerung an diesen Kerl bekam ich Gänsehaut.

»Was war mit diesem Krupp?«, hakte Tom angespannt nach.

»Er ist zu allem fähig. Ich traue ihm einen Mord zu. Dettmann hat mir davon erzählt, dass er dem Institut eine Menge Geld angeboten hat, damit sie von dort verschwinden. Und Schönborn soll wohl nicht abgeneigt gewesen sein.«

»Du hast dich mit Dettmann darüber unterhalten?«

»Ja. Das war nur ein paar Stunden bevor sie … starb. Krupp schlich bei der Ausgrabungsstätte herum, als sie mir davon erzählt hat. Und sie muss den wahren Mörder von Kleinwächter gekannt haben.«

»Wie kommst du darauf?«

»Weil sie es mir sagen wollte. Sie bat mich um Hilfe und wollte sich mit mir abends vor der Kirche treffen. Und jetzt ist sie tot. Das kann kein Zufall sein. Wenn ich sie nur gedrängt hätte, mir den Namen zu verraten! Wir hätten die Polizei einschalten sollen, und sie wäre noch am Leben.«

Es fiel mir schwer, zu atmen.

Tom griff nach meinen Händen und drückte sie fest.

»Ja, ihr hättet sofort zu mir kommen sollen und das nicht im Alleingang lösen wollen. Aber dich trifft keine Schuld. Wer weiß, am Ende wäre dir auch noch was passiert, und das hätte ich nicht ertragen können.«

»Ich weiß.« Umgekehrt würde es mir nicht anders ergehen.

Tom nahm mich in den Arm.

»Und ab jetzt keine Geheimnisse oder Alleingänge mehr. Das ist kein Spiel mehr, Dora.«

»Gut, dann solltest du mir auch alles erzählen und mich ins Vertrauen ziehen. Zusammen können wir diese Fälle knacken.«

Tom schwieg. Sein Blick verharrte auf dem gegenüberliegenden Bücherregal, und ich war schon davon ausgegangen, dass er nicht darauf eingehen würde, bis er sich räusperte.

»Kleinwächters Mörder ist Rechtshänder und nicht unbedingt der Stärkste. Das hat die Obduktion ergeben.«

»Verstehe. Wen hast du im Verdacht?«

Tom rieb seine Finger gegeneinander. »Meine Hauptverdächtige war Dettmann, aber da sie nun selbst … lag ich hier wohl falsch.«

»Warum Dettmann?«

»Die Spurensicherung hat Dettmanns DNA in Kleinwächters Bett gefunden. Dazu haben wir SMS sichergestellt, die dieses Techtelmechtel beweisen. Die beiden hatten kurz vor Kleinwächters Tod Streit. Dettmann hat ihm vorgeworfen, dass er sie betrogen hätte und ein falsches Spiel treiben würde.«

»Ihn deshalb gleich ermorden?«

Mein Mann neigte den Kopf zur Seite. »Menschen töten für viel weniger.«

Ich erhob mich von meinem Platz und lief auf und ab. »Das mag sein, hilft uns aber nicht weiter. Da Dettmann nun nicht mehr zu den Verdächtigen zählt, suchen wir nach einer anderen Person. Wir suchen also nach jemandem, der Kleinwächter abgrundtief gehasst hat. Vermutlich wurde diese Person von ihm hintergangen oder betrogen. Ist Rechtshänder und nicht sonderlich stark. Entweder haben wir es hier mit einem schwachen Mann oder einer rachsüchtigen Frau zu tun.«

»Fällt dir jemand dazu ein?«

»Zu viele.«

»Wir müssen diesen Psychopathen stoppen. Ich befürchte, dass er noch weiter morden wird.«

»Wegen des Drohbriefs? Aber Dettmann musste doch schon dran glauben. Ich glaube kaum, dass wir noch etwas zu befürchten haben.«

»Der Mörder fühlt sich von dir bedroht. Er wird nicht eher Ruhe geben, als bis er dich zum Schweigen gebracht hat.« Sein Blick war voller Sorge.

»Ich werde auf mich aufpassen.« Ich ging vor ihm auf die Knie und küsste seinen Handrücken. »Versprochen.«

»Wir werden beide auf dich aufpassen müssen. Dich zu beschützen ist nun Priorität Nummer eins. Ich bin viel zu jung, um Witwer zu werden.«

Was isch, machad mr Schbäddzla, oder essad mr da Doig so?

»Mei, isch der Chrischtbaum schee.«

Rosner stand vor Tante Marlies' Christbaum und nickte anerkennend. »I häd's ed besser macha kenna.« Er hob sein Schnapsglas und leerte es in einem Zug.

Tante Marlies und Tom taten es ihm gleich, während ich mit meinem Früchtetee dem Baum zuprostete. Das war schon die dritte Runde des Christbaumlobens, und wenn das so weiterging, würde meine Familie das Mittagessen im Liegen genießen müssen. Seit meinem Lambrusco-Absturz war mir nur noch übel, und der bloße Gedanke an Alkohol ließ mich erschaudern. Daher nur Tee für mich.

»Jetzt macha mr erschd amol a Päusle und essed.« Es war zwar noch nicht Weihnachten, aber Marlies hatte es sich nicht nehmen lassen wollen, ausgiebig für ihren Otto zu kochen. Spätzle, Soße, Blaukraut, Salat und Ofengemüse. Besser ging es gar nicht.

Ich nahm an der gedeckten Tafel Platz und betrachtete meine Familie. Und Rosner.

Der Liebste von Tante Marlies hatte eine Flasche Wein mitgebracht und versichert, dass es ein ganz besonderer Tropfen wäre. Rosner goss den anderen beiden ein und prostete ihnen zu. So viel zur Pause.

Trotz der heiteren Stimmung, die Rosner hier verbreitete, kreisten meine Gedanken wieder um den Tag zuvor.

Beim Verhör von Neumüller hatte ich cool und lustig getan, aber es war eine ernste Sache. Jemand hatte meine Familie bedroht, und die arme Dettmann hatte dran glauben müssen. Es war einfach nur furchtbar. Dass einer der Hauptverdächtigen mir mit der toten Dettmann einen Denkzettel verpassen wollte, war möglich. Dettmann hatte den wahren Mörder von

Kleinwächter gekannt. Und der Täter hatte Angst gehabt, dass sie es mir verraten würde.

Vermutlich wäre es das Vernünftigste, die Polizei die weiteren Ermittlungen durchführen zu lassen, aber immerhin ging es um meine Familie. Und Familie war nun einmal das Wichtigste.

»Saberlott aber au, von dem Zeig muss ich bronza wie a Elch, i komm glei«, teilte uns Rosner mit. Schneller als gedacht entschwand er Richtung Flur. *Too much information for my head*, dachte ich mir nur. Rosner schien sich hier ja schon richtig wohl mit uns zu fühlen.

Tom schlürfte wie ein Kenner an seinem Wein und hatte ein komisches Gesicht aufgesetzt. »Der Geschmack kommt mir so bekannt vor …« Mit einem Mal erhob er sich von seinem Platz.

»Ich bin gleich wieder zurück.« Er eilte Rosner hinterher.

Keine Ahnung, was jetzt schon wieder los war.

»Des isch ja wie aufm Bahnhof dahana.« Marlies schüttelte den Kopf. »Jetzt gibsch mr erscht amol dein Teller, die Schbäddzla gebed Kraft.« Sie belud meinen Teller mit so viel Essen, man hätte meinen können, ich müsste für drei essen.

»Und jetzt rein mit Ihnen.« Tom scheuchte Rosner durch die Tür und bedeutete ihm, sich zu setzen.

»Ja was isch en jetzt dahana los?«, fragte Marlies, und wir beide sahen uns verwirrt an.

»Ratet mal, wen ich im Flur rumschleichen gesehen habe?«

Rosner zuckte mit den Schultern. »I wollt nur pinkla.«

»Und das Klo befindet sich direkt vor dem Gemälde im ersten Stock oben?« Tom knirschte mit den Zähnen.

Das Gemälde im ersten Stock war ein echtes Agnes-von-Engel-Gemälde und einige Jahrhunderte alt. Agnes von Engel, Gräfin von Goldthal, hatte im 18. Jahrhundert hier gelebt und war eine Vorfahrin von Tom und Marlies gewesen, bevor die Familie Titel und Geld verloren hatte. Agnes war eine

Künstlerin gewesen, und ihre Bilder waren unfassbar kostbar. Ich liebte das Gemälde und war schon oft davor stehen geblieben und hatte es einfach nur angeschaut.

»I bin ald, und ab und zu verlauf i mi halt. Und als i des Bild gseha han, musst i es oifach anschaua. Des koscht sicherlich einiges.«

Toms Augen wurden zu Schlitzen. »Es ist seit Generationen in unserem Familienbesitz. Ein handgemaltes Exemplar von Agnes von Engel. Natürlich ist es kostbar, und das wissen Sie. Was führen Sie im Schilde?«

Ich verstand so allmählich, was Tom gegen Otto Rosner hatte. Die Puzzleteile in meinem Kopf fügten sich langsam zu einem fertigen Bild zusammen. Oder einem gefälschten Kunstgegenstand.

»Mit dem Herrn Rosner hier stimmt irgendwas nicht, und das sage ich schon die ganze Zeit. Und mein Gefühl hat mich noch nie getrogen.«

»Jetzt mal ganz ruhig dahana.« Rosner hob die Hände zum Schutz. »I wollt oifach a bar Schbäddzla esse und mit meinem Blümle Zeit verbringa!«

Tante Marlies schien kurz vor einem Tränenausbruch zu sein. »Mir wollted essa, und du machsch alles kaputt«, warf sie Tom vor.

So kannte ich sie gar nicht, hatte sie Tom doch immer sehr bewundert und über alles gestellt.

Wo gaggerd wird, wird au glegd!

Das Mittagessen war eine Pleite gewesen. Man könnte auch Katastrophe dazu sagen. Nach Toms Unterstellung war Rosner gegangen, Marlies hatte sich den restlichen Tag in ihr Schlafzimmer eingeschlossen und geheult. Tom war auf seine Polizeiwache geflüchtet.

Und mich hatte man einfach so zurückgelassen. So liebte ich meine entspannten Familienessen. Wenigstens konnte ich so in Ruhe ermitteln, ohne mir Vorwürfe machen zu lassen. Und vielleicht auch Beweise für Toms Vermutung finden.

Aber zuerst musste ich Krupp und Pötzsch aus dem Verkehr ziehen. Was leichter gesagt als getan war. Mein neuer Freund Krupp hatte vorgesorgt und all seinen Mitarbeitern eine ausführliche Täterbeschreibung von mir gegeben. Weiter als zur Eingangshalle hatte ich es nicht geschafft, als mich das Sicherheitspersonal bereits wieder nach draußen begleitete. Keine Ahnung, wie ich an ihn rankommen sollte. Darüber würde ich mir später Gedanken machen müssen und würde Jonas miteinbeziehen, der hatte immer gute Ideen.

Ich fuhr vom Firmengelände von Krupp und Söhne und Richtung Stadthalle, wo ich die nächste Täterin erwartete. Einer ihrer vielen Vereine würde sich sicherlich dort aufhalten, wodurch ich sie mir schnappen könnte.

Pötzsch war mittlerweile vorbestraft, und ich musste leider zugeben, dass ich dies genoss. Pötzsch, die den anderen ständig ihre Fehler unter die Nase rieb und jedem das Gefühl vermittelte, nicht so perfekt zu sein wie sie. Eine Vorstrafe wegen Sachbeschädigung, herrlich. Und wenn ich sie jetzt noch wegen des Doppelmordes überführen konnte, würde Goldthal zukünftig wieder ruhiger schlafen können.

Ich betrat die Stadthalle und konnte aus einem der kleineren Räume, die man reservieren konnte, Stimmen hören. Ich steckte meinen Kopf durch die Tür. Es waren Pötzsch und wenige Restmitglieder ihres Bibelkreises, die sich voneinander verabschiedeten. Wenn das kein Zeichen war, wusste ich auch nicht.

»Frau Pötzsch, kann ich Sie sprechen?«

Sie drehte sich zu mir um und schien nicht sonderlich begeistert, mich zu sehen.

»I bin beschäftigt«, sagte sie und drehte sich wieder weg.

»Ich mache es kurz, versprochen.«

Sie sammelte die übrigen Bibeln ein und verstaute sie in einer Kiste. Sie humpelte und zog das eine Bein etwas nach. War das neu?

»Und send Se komma, um sich an meinem Leid zu laben?«

»Warum sollte ich?«

Pötzsch bedachte mich mit einem komischen Blick. »Was wolled Se sonst von mir?«

Ich deutete auf ihr Bein. »Sie sind verletzt. Was ist passiert?«

Sie begann, die Stühle, die im Kreis aufgestellt worden waren, wieder an ihren ursprünglichen Platz zurückzustellen. »Unfälle passiered halt. Also, was wolled Se?«

Einatmen und ausatmen, animierte ich mich, und los ging es. »Ich wollte von Ihnen wissen, warum Dettmann sterben musste. Und Kleinwächter.«

Ruckartig drehte sie sich zu mir um.

»Ja, woher soll i des wissa?« Es dauerte einen Moment, bis der Groschen bei ihr fiel. »Jetzt saged Se aber ed, dass Se mi für die Mörderin halten. Send Se denn jetzt ganz blemblem!«

»Sie hatten ein Motiv und waren in der Nähe der Opfer. Es spricht ziemlich viel für Sie. Und zusätzlich kommt noch Sachbeschädigung auf Ihre Liste.«

»I bin au nur en Mensch und mach meine Fehler, aber so bleed bin i dann doch ed.«

»Sie sind nachts auf einer Ausgrabungsstätte eingebrochen und haben diese demoliert. Und wurden am nächsten Tag überführt, weil Sie überall Fingerabdrücke hinterlassen hatten. Das ist ganz schön dämlich, finden Sie nicht?«

»Also, Frau Fuchs, ich bitt Sie.«

»Mir fällt sonst kein Grund dafür ein, was Sie damit bezwecken wollten.«

»Oifach mehr Zeit. Zeit für dr Heimatbund, um a Lösung zu finda. Die Fundstückla ghered uns und ned dene.«

»Wen meinen Sie?«, fragte ich nach.

Das ergab doch alles keinen Sinn, was mir Pötzsch erzählte. Entweder genoss sie es, mir hier etwas vorzuspielen, oder es war ihr Ernst.

»Na, das Institut. Die stelled hier die ganze Stadt uf dr Kopf und klaued uns no die Fundstückla. Des god so ed, des sind unsere. Und dann isch mir hald a Sicherung durchbrannt. Und des han ich jetzt davon. I merk doch, wie die Leit mi jetzt anglotzen und sich's Maul zerreißen. Selbschd dui Archäologin.«

»Dettmann?«

Pötzsch schüttelte den Kopf. »Noi, die andere.«

»Ah, Sie meinen Schönborn.«

»Dui bleede Funz had mi anzeigt, kenned Sie sich des vorstella?«

Ich legte meinen Kopf schief. »Ich kann mir das gut vorstellen. Sie sind nachts dort eingebrochen und haben fremdes Eigentum zerstört. Das ist schon ziemlich heftig.«

Pötzsch winkte ab. »So viel han ich gar ed troffa. Aber viel schlimmer find ich des Weib, des kann i Ihne saga! Eiskalt isch dui. Mr sot ja moina, dass oim d' Tod von zwoi Arbeitskollegen loidtun würde, aber nix.«

»Wie meinen Sie das?«

»Dui stolziert wie so a Henn über dui Baustell, als dät die ihr persönlich ghöra. Und ständig had se ihr bleede Kamera in der Hand ghäd.«

Billig vrkaufa ond schlächd heirada kannsch äll Dag!

Es war unsere letzte Tanzstunde bei Tews vor unserem großen Auftritt, und ich war gottfroh darüber. Und zu meiner Überraschung waren Tante Marlies und ihr Otto ebenfalls dabei.

»Schön, dass ihr gekommen seid«, sagte Tom und hieß beide herzlich willkommen.

Was war denn jetzt los? Nach dem Fiasko beim Mittagessen hatten Tom und Marlies kein Wort mehr miteinander gesprochen, und heute waren beide hier. Und alles schien in bester Ordnung zu sein.

»Dr Tom wollt es wiederguadmacha und hat Oddo und mi heit hier einglada. Mol schaua, ob i des no kann, mei letzte Tanzstund isch scho a paar Dag her.« Das Tantchen lachte, und ich konnte mir eine junge Marlies in den sechziger Jahren vorstellen, wie sie wild auf den Tanzflächen umherheizte.

Tews klatschte in die Hände, und die Musik begann zu spielen.

»Auf geht's. Ach, Mist.« Tom schlug sich gegen die Stirn. »Ich habe vorhin vergessen, deine Haustür abzuschließen, Tantchen. Aber es wird schon nichts passieren. Also gehen wir nun eine Runde Tango tanzen, oder was ist mit euch müden Knochen?«

Irgendwas führte er im Schilde, und ich konnte mir auch schon vorstellen, was. Meine Spürnase kribbelte. Er wirkte so aufgedreht und motiviert. Das war fast ansteckend. Ich nahm seine dargebotene Hand entgegen und ließ mich von ihm auf die Tanzfläche ziehen.

»Und was ist mit euch, Tantchen und Otto? Kommt ihr?«

Tante Marlies hatte sich auf einen Stuhl gesetzt und wedelte sich mit einem Fächer Luft zu, und Rosner hob beschwichtigend die Hand.

»I bin mal kurz um die Eck und glei zrück. Fangt schon mal ohne mi an.«

»Bis gleich«, sagte ich und folgte Tom auf die Tanzfläche, wo er mich wie ein Tornado durch den Raum wirbelte. Ich glaubte fest daran, dass wir diese Tangoshow an Silvester hinbekommen und keine so schlechte Figur machen würden. Wir drehten eine Runde und noch eine und noch eine.

»Ich brauche eine Pause.« Hier drin war eine Bullenhitze.

»Ja, lass uns zum Tantchen zurückkehren.« Und dieses saß nach wie vor auf der Bank. Allein.

»Nanu, wo ist denn Rosner?«, erkundigte ich mich und sah mich suchend im Raum um. »Holt er dir was zu trinken?«

»I woiß au ed, er wollt nur kurz auf dr Pott und isch seiddem verschwunda. Jetzt hoff i nur, dass ehm nix passiert isch.«

Ein aufgeregter Polizist kam freudestrahlend in den Saal gestürmt. »Chef, wir haben ihn!«

»Himmel, Arsch und Zwirn, wie soll man unter solchen Umständen unterrichten?«, schrie Tews und fuchtelte wild mit seinen Armen.

Tom gab einen Jubelschrei von sich und ignorierte unseren Tanzlehrer. »Wusste ich es doch, habe ich dich, du Schweinebacke.«

»Ha, was isch denn jetzt los?« Marlies sah ganz verdutzt aus.

Mir kam das alles hier mehr als spanisch vor. »Warum freust du dich so, und wo steckt eigentlich dieser Otto?«

Tom verzog das Gesicht.

»Was hast du angestellt?«, fragte ich meinen Mann.

»Tantchen, es tut mir so unendlich leid. Ich wünschte, ich hätte mich getäuscht, aber wir konnten gerade eben den Kunstfälscher dingfest machen.«

»Wen denn?«

»Es ist Otto Rosner.«

Viel Händ machad bald a End

Das war es also, das Gotthard Institut für Geschichte in Ulm. Ein mehrstöckiges Bürogebäude. Ich hatte mit etwas mehr Glanz gerechnet, aber vielleicht war das von einer Berufsgruppe, die viel in der Erde wühlte, nicht zu erwarten.

Nachdem Rosner gestern gefasst worden war und mittlerweile gestanden hatte, der gesuchte Kunstfälscher zu sein, war für Marlies eine Welt zusammengebrochen. Es würde einige Zeit dauern, bis sie sich von diesem Schlag erholt hatte.

Tom hatte das letzte Puzzlestück im Fall Rosner mit dem geschenkten Wein lösen können. Oder besser gesagt dem gestohlenen Wein. Mein Mann war als Kind und Jugendlicher Ministrant gewesen und hatte den Geschmack des Weins nach so vielen Jahren wiedererkannt. Was sagte das über meinen Mann und seine Weinvorliebe aus?

Rosner hatte nichts mehr leugnen können und schließlich gestanden. Seine Rente als Restaurator habe nicht ausgereicht, und da er schon immer ein Händchen für das Zeichnen gehabt habe, habe er vor einigen Jahren damit begonnen, Gemälde nachzuzeichnen. Und mit der Zeit sei er immer besser und besser geworden und habe dann angefangen, diese zu fälschen und sein Taschengeld damit aufzupeppen. Er beteuerte, dass seine Gefühle Marlies gegenüber echt gewesen seien, aber sein Interesse an dem Agnes-von-Engel-Gemälde einfach größer gewesen sei.

Zu seinem Aufenthaltsort, an dem er die Kunstwerke gefälscht hatte, schwieg er noch, aber es war nur eine Frage der Zeit, bis die Polizei auch dieses Geheimnis lüften würde. Rosner hatte im Gefängnis viel Zeit, um über sein Verhalten nachzudenken. Und sollte es ihm dabei langweilig werden, konnte er die Wände seiner Zelle bunt verzieren.

Tom hatte mit seiner Abneigung Rosner gegenüber die ganze Zeit über recht gehabt, nur seltsam, dass ich mich so getäuscht hatte. Eine Enttäuschung, die ich Marlies von Herzen gerne erspart hätte.

Die Nachricht hatte ihr den Boden unter den Füßen weggezogen, und sie war wie in Zeitlupe auf einem Stuhl zusammengesackt. Bleich wie eine Wand hatte sie Tom versichert, auf die falsche Person zu setzen, es müsse ein Fehler vorliegen.

Tom fühlte sich grauenvoll und wiederholte ununterbrochen, wie leid es ihm tue. Er habe gehofft, dass er sich täusche, und sie nur beschützen wollen. Aber als alle Beweise zu Rosner geführt hätten, habe er etwas unternehmen müssen. Kopfschüttelnd hatte sie sich dagegen gewehrt, sich die Fakten anzuhören.

Mit Rosners Auftauchen hatten die Diebstähle in unserer Region begonnen. Sein beruflicher Hintergrund sei ihm dabei nützlich gewesen. Die Baumärkte, in denen die spezielle Farbe verkauft worden sei, hätten sich an Rosners auffällige Verhaltensweisen erinnert. Rosners besonderes Interesse an den Ermittlungen. Der gestohlene Messwein, der ein Geschenk an Marlies gewesen war. Und schließlich die Überwachungskameras des Juweliers gegenüber von Kamps' Galerie. Auf einem der Filmchen sei Rosner zu sehen gewesen, wie er Kamps seine Fälschungen verkauft habe. Und natürlich der versuchte Raub an Marlies' Gemälde.

Ich werde die Enttäuschung und Tränen in Marlies' Gesicht niemals vergessen. Es war grausam, diesen Schmerz mitansehen zu müssen.

Ich versuchte, mich auf das Hier und Jetzt zu konzentrieren.

»Eine Besucherin, herzlich willkommen! Interessieren Sie sich für die faszinierende Welt der Archäologie?«

Wo kam denn diese Angestellte plötzlich her?

»Das ist beeindruckend«, flötete ich, deutete auf die große Auswahl an Literatur und blieb mit meinem Blick an der

Fotogalerie des Instituts hängen. Sie zeigte verschiedene Mitarbeiter und ihre Abteilungen.

Ich entdeckte Professor Dr. Eva Schönborn und dass sie, wie mir die Jahreszahlen unter den Bildern preisgaben, ihren Vorgänger schon nach kürzester Zeit abgelöst hatte. Interessant. Und was noch viel interessanter war: Von Matthias Kleinwächter war weit und breit kein Bild zu sehen.

»Was hat es mit dieser Fotogalerie auf sich?«

Die Angestellte lächelte. »Darauf sind wir ganz stolz. Sie zeigt seit der Gründung des Gotthards alle Abteilungsleiter und ihre Amtszeit.«

Ich kniff die Augen zusammen und tat so, als würde ich mir die Bilder ganz genau einprägen. »Diese Schönborn wurde aber schnell Leiterin, finde ich toll, Frauen an die Macht.« Ich gab ein steifes Lachen von mir.

»Ich bin ganz Ihrer Meinung, in diesem Fall ging dem Ganzen aber leider eine Tragödie voraus. Professor Schönborns Vorgänger ist unter mysteriösen Umständen ums Leben gekommen. War überall in den Nachrichten zu lesen, Sie erinnern sich vielleicht?«

Ich schüttelte den Kopf, als könnte ich das Gehörte nicht glauben.

»Und was ist mit diesem Toten? Kleinwächter war sein Name, richtig?«

Die Mitarbeiterin sah mich kurz an und konzentrierte sich wieder auf die Bilder vor uns.

»Wer sind Sie wirklich, und was wollen Sie?« Ihre Stimme hatte die Temperatur der Antarktis erreicht.

»Dora Fuchs mein Name. Der Heimatbund Goldthal schickt mich.«

Die Mitarbeiterin zuckte mit dem Augenlid. »Ein interessanter Name. Wie kann ich Ihnen helfen?«

Auf meiner Fahrt zurück nach Goldthal ging ich in Gedanken noch einmal alles durch.

Ein Toter, der an einer Ausgrabungsstätte gefunden und dessen Schicksal in der Presse thematisiert wird. Das sprach für einen Angestellten aus dem Institut als Täter, wobei Dettmann mittlerweile selbst die Radieschen von unten betrachtete. Oder es handelte sich in unserem Fall um einen Nachahmungstäter wie Krupp. Er schien sich gut mit der Presse zu verstehen. Vielleicht hatte ihn Vögele darauf aufmerksam gemacht?

Dieses Hin und Her führte ja zu nichts. Wer verhielt sich so auffällig unauffällig und hatte am meisten Nutzen von Kleinwächters und Dettmanns Tod? Und wem war ich ein Dorn im Auge?

Energisch parkte ich mein Auto schräg zwischen Bordstein und Straße und knallte die Autotür zu.

Mit flotten Schritten eilte ich zur Bücherei und konnte den Dorfbiddl sehen, wie er munter Strafzettel an Falschparker verteilte. Wenn ich jetzt keinen erhalten würde, wusste ich auch nicht. Er trug seltsame Kopfhörer und hielt seine Jackentasche ziemlich merkwürdig. Keine Ahnung, was mit ihm schon wieder los war. Er fing meinen Blick auf, zog seine Jacke noch enger an seinen Rubenskörper und nickte mir verhalten zu.

Komischer Vogel.

Ich kramte in meiner Handtasche nach meinem Handy und wählte Jonas' Nummer. Kurz bevor ich an der Bücherei angekommen war, nahm Jonas endlich ab.

»Dora, bist du schon zurück aus Ulm?«

»Pass auf, ich habe eine Ahnung, wer unser Mörder ist …«

Ich hatte es nicht kommen sehen. Es erwischte mich von hinten. Ein dröhnender Schmerz durchbohrte mit einem Mal mein Gehirn. Schwärze hüllte mich ein, und ich ging wie ein Sack Reis zu Boden.

Mein Lambrusco-Kater war ein Witz gegen dieses Dröhnen in meinem Kopf.

Schwerfällig konnte ich meine Augen öffnen und fühlte mich völlig daneben. Von meiner Umgebung konnte ich nicht viel sehen. Wo zum Teufel war ich? Es roch muffig. Und es roch nach Wald. War ich in einer Hütte gelandet? Oder was auch immer das hier sein mochte. Ich hatte nicht den blassesten Schimmer, wo ich war.

»Na endlich, ich dachte schon, wir wären hier bei Dornröschen. Willkommen zurück, Schnüfflerin!«

Meine Entführerin humpelte auf mich zu. Zu ihrem Schutz trug sie eine hässliche Maske, wie ich sie nicht mal zu Halloween tragen würde. Sie bestand aus Holz, hatte unzählige Hörner auf der Stirn angebracht und war in den verschiedensten Farben bemalt. Mit den Fangzähnen und den Federn rundherum erinnerte sie mich an eine afrikanische Maske. Die Maske nutzte ihr recht wenig. Mir war bereits klar, wer sich dahinter verbarg.

Es war nur sehr ungünstig, dass ich mit einem Mega-Schädel irgendwo in der Pampa saß und keiner wusste, wo ich war. Ich hatte also mal wieder alles richtig gemacht.

»Und was tue ich nun mit Ihnen?«

»Für den Anfang können Sie mit dem Versteckspiel aufhören, Schönborn! Ich weiß, dass Sie es sind.«

Meine Entführerin nahm die Maske ab und lachte trocken. »Sie sind gut, das muss man Ihnen lassen.«

»Ich weiß, aber Sie wollen doch jetzt nicht noch einen Mord begehen? Es wurde schon zu viel Blut vergossen.«

»Nun, *c'est la vie*. Wir müssen alle eines Tages sterben. Die einen früher, die anderen später. Bei Ihnen steht der Uhrzeiger eben auf früher.«

Ich war eher für später.

»Wollen Sie mir wenigstens verraten, warum die beiden armen Seelen sterben mussten? Was hatte Sina Dettmann Ihnen getan?«

Meine Entführerin humpelte vor mir auf und ab und ließ das Messer geschickt durch ihre Hände gleiten. »Sie war nervig, anmaßend und kam mir auf die Schliche.«

»Und Matthias Kleinwächter?«

Sie stöhnte. »Ach bitte. Jeder, der ihn kannte, wollte ihn loswerden. Er war ein Arschloch. Nicht mehr, nicht weniger.«

»Woher wussten Sie überhaupt von dem Streit? Und der Sache mit dem Lippenstift?«

Schönborn schien erfreut darüber zu sein, dass ich ihr diese Frage gestellt hatte.

»Danke, dass Sie fragen. Die Antwort ist einfach – von Dettmann natürlich. Sie hatte den Auftrag, mich über jede Kleinigkeit zu informieren, ansonsten würde ich dafür sorgen, dass sie als Archäologin nie einen Fuß in die Tür bekommen würde. Und die Sache mit dem Lippenstift war noch leichter. Wenn man im Internet nach Behringer sucht, existieren zig Bilder von ihr, aber immer mit dem gleichen Lippenstift. Es war ein Kinderspiel, herauszubekommen, wie die Marke heißt, und ihn nachzukaufen.«

»Und man bringt Leute um, weil sie ›nervig‹ und ›anmaßend‹ sind? Wenn das so wäre, gäbe es auf diesem Planeten nur noch wenige Menschen. Oder?«

»Wenn man Erpressung noch dazunimmt. Er hatte es einfach nicht anders verdient. Setzte mich unter Druck und versuchte, mir meinen Job zu stehlen. Sollte ich mir das etwa bieten lassen?«

Trotz meiner Kopfschmerzen funktionierte mein Hirn noch. »Und so ähnlich haben Sie es doch sicherlich bei Ihrem Vorgänger getan. Er musste sterben, damit Sie seine Stelle bekamen. Und als Kleinwächter das herausgefunden und Sie damit erpresst hat, musste er sterben. Und Dettmann war eben schlau genug und ist Ihnen auf die Schliche gekommen. Aber eines müssen Sie mir verraten: Wie konnten Sie Kleinwächter umbringen?«

Schönborn zückte ein kleines Messer und warf es gezielt in die Wand, an der ich saß. Nur wenige Zentimeter von meinem Kopf entfernt steckte es fest.

»Das macht Spaß.« Schönborn grinste. »Habe ich hier noch mehr rumliegen?«

Suchend sah sie sich um.

Wie hatte die kleine, zierliche Frau mit einem Hinkebein einen Mann wie Kleinwächter umbringen können? Er musste sich doch gewehrt haben!

»Es waren K.-o.-Tropfen, und der Rest war ganz leicht. Zack, und ein Stich ins Herz.« Die Archäologin straffte ihre Schultern, als würde sie sich auf einen bevorstehenden Ringkampf vorbereiten. »Ich wünschte, ich hätte Ihnen auch welche verpasst. Sie reden mir einfach zu viel. Aber da war mein Temperament wieder schuld, und ich habe gehandelt, ohne groß nachzudenken.« Sie zuckte mit den Schultern. »Schwamm drüber, wir sollten einen Schlussstrich ziehen. Genug geplaudert, das ist so mühsam, und ich habe schließlich noch was vor. Dieser Lackaffe Krupp will mir eine Unsumme Geld für diese verhunzte Ausgrabung zahlen. Da wäre ich schön blöd, wenn ich es nicht annehmen würde.«

Wie würde ich diese Verrückte nun loswerden, bevor sie mich loswurde? Ich sah mich in der Hütte um, in der nichts war, was ich zur Verteidigung nutzen konnte.

Schönborn legte den Kopf zur Seite und schien meine Gedanken lesen zu können. »Na, Sie werden doch wohl nicht an Flucht denken wollen? Ihnen muss doch klar sein, dass Sie diese Hütte nur im Leichensack verlassen werden? Anders auf keinen Fall.«

Sie legte eine Hand auf ihr Bein und zog es leicht nach.

»Das sehe ich anders.«

Als sie nahe genug war, trat ich ihr mit voller Wucht gegen ihr kaputtes Bein. Schönborn zischte laut auf, hielt das Messer aber fest umklammert.

Ich rappelte mich auf und zog mich an der Wand entlang. Ein Rascheln war von draußen zu vernehmen. Laut genug, um Schönborns Aufmerksamkeit zu erregen. Sie warf mir einen Blick zu und richtete ihre Konzentration auf das Fenster. Sicherlich wollte sie überprüfen, ob jemand beobachtet hatte, wie sie mich hierher verschleppt hatte.

Eine weitere Chance würde sich sicherlich nicht ergeben.

Mit voller Wucht trat ich ihr gegen die Hand. Wenn sie nur die Waffe losließe, hätte ich eine Chance.

Die glänzende Klinge fiel auf den schmutzigen Boden der Hütte.

»Du entkommst mir nicht!«, schrie die Mörderin.

Ich griff nach dem Messer, schlug ihr mit dem Griff heftig gegen die Schläfe und eilte zur Tür. Sie ging zu Boden.

Ich hatte keine Zeit für einen Abschied. Hektisch sah ich mich um und entdeckte einen Besen. Ich verriegelte damit von außen die Hüttentür und schickte ein kurzes Stoßgebet zum Himmel. Hoffentlich würde mich das Ding lange genug vor dieser Verrückten schützen.

Mein Herz schlug bis zum Hals. Ich hatte das Gefühl, mich jede Sekunde übergeben zu müssen.

Lauf, Dora, lauf, trieb ich mich immer weiter an.

Im Sekundentakt sah ich mich nach meiner Entführerin um. Ich konnte nur hoffen, dass sie mit ihrem Hinkebein nicht so schnell hochkam.

Am Waldrand sah ich das schönste Bild von allen: Die Polizei von Goldthal war vorgefahren und stürmte den Wald.

Es war zu schön, um wahr zu sein: Ich war am Leben. Ich hatte es geschafft.

Angschd hann'e koine, abbr renna kann'e!

So schnell würde mich sicherlich kein Wald mehr aus der Nähe sehen, dafür hatte Schönborn mit ihrer Entführung in diese Hütte gesorgt.

Aber *Karma was a bad bitch*, und zum Glück gab es so etwas wie Gerechtigkeit.

Die Polizei hatte die Hütte gestürmt und Schönborn abgeführt. Diese würde für eine sehr lange Zeit nur Gefängnisluft zu schnuppern bekommen. Doppelmord und Entführung. Ich wünschte ihr viel Erfolg mit ihren neuen Kameradinnen.

Der Notfallarzt hatte mich gründlich untersucht und mir auf den ersten Blick attestiert, dass es mir gut ging. Ich konnte das nur bestätigen. Ich fühlte mich den Umständen entsprechend wie eine Superermittlerin und ignorierte das flaue Gefühl in meinem Magen. Wenn ich nicht daran dachte, dass ich beinahe gestorben wäre, würde das Gefühl der Panik sicherlich bald vergehen.

Ich hatte die Decke der Sanitäter enger um mich gewickelt und die Finger fest um meine Tasse geschlungen. Die Entführung steckte mir noch in den Knochen, das Adrenalin pulsierte durch meinen Körper und gab mir das Gefühl, unter Strom zu stehen. Ich lief ein paar Schritte, um den Kopf frei zu bekommen.

Die Morgenröte zog über den Himmel. Ich war froh, endlich hier verschwinden zu können. Schönborn war abgeführt worden, dafür war Behringer in Begleitung von Tante Marlies hier aufgetaucht, die einen großen Korb voll Essen und eine Thermoskanne dabeihatte. Marlies hatte sich als Erstes um mich gekümmert, sah dabei so entsetzt aus.

»Was machsch denn für Sacha? Du hädsch draufganga könna! Mach des nemme, hemm mr uns verschdanda!« Sie wischte sich eine Träne aus dem Augenwinkel und drückte mich fest an ihren großen Busen.

Ich rang nach Luft. »Ehrenwort.« Aber wann würde der nächste Fall auf mich warten? Kein Versprechen hielt für die Ewigkeit.

Sie ließ von mir ab und schien zufrieden mit meiner Antwort.

»Sodele, jetzt müss mr die fleißige Helfer erschd amol mit Kaffee und belegte Weckle versorga. Bis später, Schätzle, i han ab sofort a Auge auf di grichtet.«

»Wenn ich bei unserer Hochzeit damals gewusst hätte, wie turbulent mein Leben mit dir wird …«, begann Tom, der mit einem Mal neben mir erschien. Er nahm mich fest in den Arm und erdrückte mich fast.

»Dann hättest du dich anders entschieden?«, murmelte ich.

»Ich würde nichts anders machen.« Wir küssten uns lange.

»Jonas lässt dir ausrichten, dass er froh ist, dass es dir gut geht, und dass du Ärger bekommst, dass du ihm solch einen Schrecken eingejagt hast.«

Wenigstens war mein eigener Ehemann verständnisvoller. Vielleicht würde er meine Ermittlungen das nächste Mal sogar unterstützen, begann ich zu hoffen.

»Woher wusstet ihr eigentlich, wo ich bin?«

Tom lachte. »Erinnerst du dich noch an den Einbrecher an unserem Hochzeitstag? Wie sich herausgestellt hat, war es Mang, der Dorfbiddl. Er wollte wohl in allen Bereichen gut informiert sein und sich das Gerät nur mal borgen.« Tom schüttelte den Kopf.

Das würde die seltsamen Kopfhörer und das Verhalten des Dorfbiddls vorhin erklären. Jetzt musste ich mich wohl bei ihm bedanken.

»Auweia, Behringer auf zwölf Uhr, ich werde mich mal

in Sicherheit bringen, Sie ist noch etwas verstimmt wegen ihrer Verhaftung. Ich gehe mal Marlies bei ihrer Verpflegung helfen.« Und schwups, weg war er.

»Fuchs, Fuchs, ich muss schon sagen. Dass Sie den Fall doch noch lösen konnten … ich bin beeindruckt. Und dank Ihnen bin ich mit sofortiger Wirkung wieder Bürgermeisterin.«

Catia Behringer stand in ihrem Wintermantel vor mir, und in der einen Hand trug sie ein Megafon.

»Das klang ja fast nach einem Lob.«

»Gewöhnen Sie sich nicht daran.« Natürlich, eine nette Behringer würde mir mehr Angst einjagen als die Teufelin, die sie war.

Ich deutete auf das Megafon. »Was haben Sie denn damit vor?«

Behringer grinste diabolisch. »Ich werde die nächsten Wochen meine Präsenz bei der Polizei noch weiterwirken lassen. Und damit mich alle besser verstehen können …« Sie hob ihre Hand und brüllte in ihr Megafon. »Wir haben ja schließlich noch eine Rechnung offen.«

»Was wird denn mit der Ausgrabungsstätte?«

Sie machte eine wegwerfende Handbewegung. »Wir machen halt dieses blöde Heimatmuseum von Pötzsch daraus? Von mir aus. Jeder Tourist, der kommt, ist ein guter Tourist.« Da war sich jemand aber sicher, die nächste Wahl zu gewinnen. »Ach ja, Fuchs, bevor ich es vergesse.« Behringer drehte sich um. »Vielen Dank für alles, das werde ich Ihnen nie vergessen. Erinnern Sie mich daran, Ihnen einen Gutschein über eine Yogastunde zu schenken, Sie brauchen dringend ein neues Hobby.«

»Das heißt, ich darf immer noch nicht ermitteln?«

Behringer wieherte. »Natürlich nicht, was glauben Sie denn? Sollte ich Sie noch einmal beim Schnüffeln erwischen, werfe ich Sie hochkant raus.«

Ich hätte ihr fast geglaubt, wäre da nicht dieses zaghafte Lächeln auf ihren »One-Night-Stand«-Lippen gewesen.

Sie richtete ihre volle Aufmerksamkeit auf die Polizisten und machte ihnen ordentlich Feuer unter dem Hintern.

's Leba isch koi Schlotzer

Zufrieden und mit einem Gefühl von innerer Ruhe stand ich an der Verbuchungstheke und nippte an meinem Früchtepunsch.

Die Überführung von Eva Schönborn lag nun zwei Tage zurück, und ich hatte so langsam das Gefühl, dass wieder etwas Ruhe in unser aller Leben eingekehrt war.

Um das zu feiern, hatte ich in der Bücherei zu einer kleinen Weihnachtsfeier eingeladen. Der Klassiker von Wham trällerte aus der Anlage, und die Stimmung meiner Gäste war ausgelassen.

Oma Lotte hatte kleine Häppchen bereitgestellt und uns den Befehl gegeben, dass kein Krümel übrig bleiben dürfe. Annika, die ihren Kerzenworkshop hinter sich gebracht hatte, stand neben Jonas und ließ sich von ihm auf den neuesten Stand bringen. Sie hatte einiges verpasst, das Update würde sicherlich etwas länger dauern.

Mang und Bäuerle trugen zwei besonders abscheulich aussehende Ugly-Christmas-Sweater und bewegten sich in seltsamen Bewegungen zur Musik. Ein Bild, das ich sicherlich nie wieder loswerden würde.

Bäuerle mochte so speziell sein, wie sie wollte, sie war mir irgendwie ans Herz gewachsen und durfte auf einer Weihnachtsfeier natürlich nicht fehlen.

Und Mang verdankte ich mein Leben. Wie hätte ich ihn nicht einladen können? Nachdem er den Diebstahl aus dem Polizeirevier gestanden hatte, herrschte zwischen der Polizei und dem Dorfbiddl Funkstille. Solch ein Diebstahl und Vertrauensbruch war nun einmal keine Bagatelle. Nicht einmal für einen selbst ernannten Dorfsheriff.

»Ich muss leider gleich noch einmal los. Tut mir leid,

Schatz.« Tom küsste mich auf die Wange und verstaute sein Diensthandy in seiner Hosentasche.

Stolz strich ich ihm mit meinem Daumen über die Wange. »Du bist nun einmal eine wichtige Persönlichkeit, Herr stellvertretender Revierleiter.«

Ein Posten, den sich Tom mehr als verdient hatte mit der Aufklärung von Kleinwächters Ermordung. Gut, hier hatte er etwas Unterstützung von seiner Frau erhalten. Die Auflösung der gefälschten Bilder.

Und er konnte Krupp überführen. Nach unserem Gespräch auf der Couch war Krupp auf Toms Radar gewandert. Ein Ort, an dem niemand auftauchen wollte. Tom hatte sich einen Durchsuchungsbefehl besorgt und die Firma von Krupp gründlich unter die Lupe genommen. Damit hatte Krupp nicht gerechnet, ansonsten hätte er die Informationen zu illegalen Pferdewetten sicherlich von seinem Computer gelöscht. Das alles hatte dazu geführt, dass Neumüller Tom zu seinem Stellvertreter ernannt hatte.

Mit einem Kuss verabschiedete sich Tom.

»Ich mach dich fertig«, schrie Ulrike plötzlich in der anderen Ecke der Bücherei. Ich glaubte ihr jedes Wort.

»Zieh dich warm an, so leicht mache ich es dir nicht«, erwiderte Luis.

Fasziniert beobachtete ich die beiden, die sich in der Gaming-Ecke ein Duell der Extraklasse lieferten. Ulrike war ziemlich gut. Es würde mich bei ihr nicht wundern, wenn sie heimlich eine Gamerin wäre und nur deshalb so gegen das Gaming-Event gewesen war, damit niemand davon erfuhr. Das wäre typisch Ulrike.

»Mensch, war dahana wieder was los.« Das Tantchen hatte sich neben mich gestellt und schüttelte den Kopf. Ich vermisste ihre Lebensfreude und das Feuer, das in ihr brannte. Wenn ich diesen Rosner jemals in die Finger bekommen sollte …

»Es tut mir leid, Marlies, ich wünschte, es wäre anders gekommen.«

»Ach, Schätzle, es isch, wie es isch.« Wir mussten jetzt dringend dafür sorgen, dass uns das liebe Tantchen nicht in eine Depression verfiel.

»Woisch, was des Schönste an dera ganze Sache war? I durft nomal en Teil von meiner Jugend erleba, und dafür bin i dem Daggl dankbar.« Sie zog die Nase hoch und wischte sich eine Träne aus dem Augenwinkel.

Ich strich ihr sanft über den Arm. »Ich bin mir sicher, alles wird wieder gut.«

Tante Marlies schenkte mir ein Lächeln. »Freile. Und darauf trinka mr erschd amol a Schnäpsle.«

Epilog

Silvester.

Ich stöhnte innerlich auf. Heute würde der Wohltätigkeitstanz von Tews stattfinden, und ich konnte es kaum erwarten. Ironie Ende.

Jogginghose, Raclette und ein paar Klassiker im Fernsehen. Das wäre ein perfektes Silvester geworden, aber nein …

Bevor ich das Tanzbein schwingen konnte, hatte ich noch etwas anderes zu erledigen. Ich hatte mich im Bad eingeschlossen und brauchte Klarheit. Klarheit darüber, ob ich mit meinem Verdacht richtiglag oder nicht.

Mein Blick wanderte zwischen dem Schwangerschaftstest und meiner Handyuhr hin und her. Das Warten war kaum auszuhalten. Wie machten andere Frauen das?

Was sollte ich tun, wenn das Ergebnis positiv wäre?

Und was sollte ich tun, wenn nicht? Tom liebte Kinder und wünschte sich schon lange welche.

Es klingelte an der Haustür, und wenig später konnte ich die Stimme von Tom und unserem Besucher erkennen.

»Bea? Was für eine schöne Überraschung! Komm rein.«

»Hallo, Schwager, gut siehst du aus.«

Bea? Wie kam meine Schwester hierher? Ich dachte, sie wäre irgendwo im indischen Busch auf der Reise zu sich selbst.

Tom klopfte an die Badezimmertür. »Schatz, deine Schwester ist hier. Und irgendwas ist nicht in Ordnung. Kommst du?«

»Sofort«, rief ich zurück und blickte auf den Schwangerschaftstest in meiner Hand. »Wohin damit?«, murmelte ich und sah mich suchend um. Da mir auf die Schnelle kein besserer Aufbewahrungsort ins Sichtfeld kam, versteckte ich ihn zwischen meinen Hygieneartikeln. Ein Ort, an dem ein Mann niemals nachschauen würde.

Ich warf einen letzten Blick in den Spiegel und fragte mich, ob man mir ansehen konnte, was ich gerade getan hatte. Ich schloss die Tür hinter mir.

»Alles gut bei dir?«, fragte Tom und sah mich fragend an. »Du warst ja eine halbe Ewigkeit dort drin.«

Ich nickte und ging zu meiner Schwester, die in ihrem Reiseoutfit im Flur stand und wie ein Häufchen Elend aussah.

»Schwesterherz, schön, dich zu sehen!« Unser letztes Treffen lag viel zu lange zurück. Wir fielen uns zur Begrüßung in die Arme.

Bea drückte mich eng an sich und begann bitterlich zu weinen. »Ich habe richtig Scheiße gebaut, Dora …«

Ich strich ihr über das Haar, so kannte ich sie überhaupt nicht. »Was ist passiert?«

»Ich brauche deine Hilfe. Die schwäbische Mafia ist hinter mir her.«

»Mafia?«, fragte ich und bekam ein verhaltenes Nicken als Antwort. Ich hatte nicht die leiseste Ahnung, in welche Schwierigkeiten sich meine Schwester wieder gebracht hatte. Sie und unsere Mutter hatten ein Talent dazu, Probleme und Katastrophen magisch anzuziehen.

Ich löste mich aus Beas Umarmung und sah sie an. »Natürlich helfe ich dir, für was hat man eine große Schwester. Schwäbische Mafia?«

Danksagung

Es war mir eine Freude, noch einmal nach Goldthal zurückzukehren, um Doras Geschichte weiterzuerzählen. Für diese Reise hatte ich wundervolle Weggefährten.

Dem Emons-Team möchte ich für die Chance, die Geduld und die tolle Betreuung während des Entstehungsprozesses danken. Ich bin froh, dass Dora solch einen tollen Verlag gefunden hat.

Christiane Geldmacher. Meine wundervolle Lektorin hat hervorragende Arbeit geleistet, wodurch dieses tolle Buch erst entstehen konnte.

Käpt'n Balu und seine Crew. Jeder Kapitän braucht eine Crew, und ich habe die beste von allen.

Ohne die Begeisterung und Liebe meiner **Familie** hätte ich vieles nicht meistern können. Danke für alles.

Tom und Louis. Ein großes Dankeschön an meine beiden Schreibassistenten. Ohne eure Geduld und die Streicheleinheiten wären meine Schreibnächte nur halb so toll gewesen.

Lisa. Ohne dich hätte ich es nicht geschafft, dieses Buch zu schreiben. Vielen Dank für deine Ideen und deine Motivation.

Mein himmlisches Duo. Ihr beide unterstützt mich und seid für mich da. Ich liebe euch!

Und Ihnen, **meinen Leser/-innen**, danke ich von Herzen für Ihr Interesse und Ihre Treue!

Kevin Leonard Butler
MAULTASCHENMAMBO
Broschur, 256 Seiten
ISBN 978-3-7408-0774-0

Das Leben auf der Schwäbischen Alb könnte so idyllisch sein, wäre da nicht diese entsetzliche Langeweile. Das ändert sich, als eine Leiche in der örtlichen Bücherei gefunden wird. Doch die Polizei geht nach Meinung von Dora Fuchs, der krimibegeisterten Bibliothekarin, die Ermittlungen völlig falsch an. Als der Ehemann ihrer einzigen Kundin als Mörder verdächtigt wird, muss Dora eingreifen – und ahnt nicht, dass sie dem Täter dabei gefährlich nahe kommt.